玄鸟归来

王幅明

—著—

河南文艺出版社
·郑州·

参加《星星》诗刊山西散文诗笔会（2014）

散文诗讲座（2017）

参加中国作家益阳文学周活动（2023）

参加湖州纪念沈尹默诞辰 140 周年活动（2023）

参加河南省散文诗学会第 13 届年会（2023）

参加第 13 届"十月笔会"（2023）

序

散文诗，是自由的诗

王久辛

　　散文和诗，是两种文体，现在它们结婚了，而且生了子，有了成千上万的孩子，此势看来大有越来越大的感觉，势不可挡，横无际涯。

　　文明，文在前而明在后，意思大抵是有文即有明吧？文章拨云见日，洞彻光明是也。现在诗中有了散文，散文中亦有了诗，且新生一脉，形成气象。这肯定是文明已现的大好之事，对提升民族素质素养，有百益而无一害。日升东方，光芒万丈也。

　　若干年以来，人们说到散文诗，总要以鲁迅先生的《野草》为由头，仔细想想，还真是绕不过去。大先生的散文诗，涉笔即入境界，入灵魂，入精微，入陌生的况味儿，这是今天的诗歌也好，散文也罢，均未完全达标的现实。其创作者的奋勇当先，倾其所有的努力，亦是无法与大先生相提并论的。当然啦，鲁迅先生之所以伟大，难以超越，不仅仅是他具有深厚的国学底蕴，同时，他还有广博渊深的世界文学的雄强准备。据不完全统计，他翻译了250多部（篇）世界文学作品，总计超过了300万字。而他创作的散文诗，不过是他这文学准备的沃土之上，长出来的几棵原野小草而已。但是，千万不要小看了这些小草，这就是中西合体的新生儿，是今天散文诗真正的种子，是散文诗的元典之作。

而看当今时下的散文诗，多是些没有准备的人写的没有根源的文字，能算什么东西呢？我不知道该怎

作者与王久辛（右）在鲁迅铜像前

么评论。那些陈陈相因、互相模仿，尤以简单模仿西洋腔调为盛，纵欲寡情，没有深度，无视真诚，难见真意的所谓"创作"，随时都可以从报刊上看到。那些个自以为是的推陈出新，若真能有所准备地汲取些外边的精华，推出来点新鲜玩意儿，倒也不枉自由二字，怕的是剥开来的洋葱头——没芯。我们回头看看大先生的《野草》篇章，那超凡脱俗的入世之笔墨，文雅高古，又锋芒锐利，既有传统文化的涵育，又有外来精髓的撮取，那是真正融合了之后的创作。所以，我还是想说：可惜了光阴。这么多年过去了，即所谓时代前进了，而诗文在先生所拓之境内，仍未见大家文豪冲将上来，真的是有点儿遗憾呢。

去年，我双眼做了白内障手术，很少读大部头，更不敢多看手机。王幅明兄长发来了他的散文诗新作集《玄鸟归来》，嘱我为序。我知道兄长看重我，信任我，当然更是抬举我。再三推托不掉，又恐有负兄之盛意，怎么办呢？在中国当代散文诗的领域里，王幅明先生一直都葆有极其认真的态度，而且创作水准始终保持在当下散文诗创作的高端，对历史、对万物、对生命生活以及生态的关注，一直是他写作的主要内容，且篇篇精致，内涵丰富，常有让人意想不到的独到之处，这是难能可贵的。散文诗我看的并不多，在我有限的阅读范围内，我以为王幅明的散文诗，是承继了鲁迅先生和外国文学精华的创作。他在散文诗领域老中青当下的创作中，像《三国演义》里的老黄忠，始终独出机杼，笔耕不辍，求变求新，迎难而上，实乃翘楚也。

散文诗，是自由的诗，能上天入地，纵横八荒者，就是魁首——王者幅明兄长当领之。

2024年3月6日，北京

（作者系中国诗歌学会副会长，首届鲁迅文学奖诗歌奖获得者）

目录

附录一　答问

附录二　文学简表

爱上一座城，移民一座城，

报效一座城，终老一座城。

XUAN

NIAO

GUI

LAI

玄鸟归来

玄鸟归来

初识玄鸟

在郑州东大街的人行道上，不时看到镶嵌在路面上象征古都标志的图案：一只传说中的玄鸟。

它被许多人忽视，却令我好奇、震撼。

像有一个声音在发问：郑州，这座你已经生活了四十年之久的城市，注定的终老之地，你，了解它吗？

曾在罗马的街道上，看到过古都遗址的标志，引发过感慨。如今，在自己居住的城市看到玄鸟的图案，何止感慨，更觉惭愧。

郑州被尘封，被遗忘，太久太久。我们对它的了解，太少太少。罗马即便没有遗址上的标志，也还有举世皆知的大斗兽场。可郑州，作为3600年前的古都，裸露在外的，只有几公里长满荒草的城垣。怎能让世人信服，它曾是商都？

玄鸟
归来

怀着求知和感恩之心，我徒步往返于东大街、西大街、城东路、城南路、城西路、城北路、商城路、顺河路之间，在多处商都遗址漫步，眺望远古，开启 3600 年的穿越之旅。

玄鸟生商

确定郑州为商代早期都城，源自一尊巨大的青铜方鼎。

1974 年，人们在深挖防空洞时，意外发现了埋藏着多件铜器的窖藏，最大的青铜方鼎被命名为"杜岭一号"。方鼎高大雄伟，铸造精美，纹饰讲究，年代早于安阳殷墟出土的"后母戊鼎"。

鼎是身份的象征，如此巨大的铜鼎，除了商王，何人能够拥有？

如今，这座王者之尊的复制品，矗立在杜岭街南端呈三角状的商都遗址公园内，成为古都的象征。

位于东大街及城南路的商都遗址公园，有保存完好的一段古城垣，可以登临游览。

公园里有精美的浮雕墙。一面的甲骨文、青铜器及农耕、制陶，展示出 3600 年前的商王朝；另一面展现了玄鸟生商、王亥服牛、相土驯马、商汤与伊尹、夏桀灭亡、商汤建亳等几个标志性的历史场景。

玄鸟生商，孕育出辉煌的青铜盛世。

玄鸟广场是风筝爱好者的乐园。一只只象征梦想的玄鸟，次第飞向蓝天。

人气最旺的一角，家长带着孩子，站在三位考古学家的雕像前合影。

邹衡，首次提出郑州遗址是商朝亳都遗址。

安金槐，主持了郑州商城遗址首次考古挖掘。

韩维周，在二里岗一带最早发现商朝文化遗存。

传说与信史

在博大、繁华的现代都市绿荫下，掩映着一座中国最古老的都城。在通往 8000 年前文明肇始时的历史隧道里，文明的碎片犹如璀璨的群星。

裴李岗，新郑市一个极为普通的小村庄。1977 年，在这里发现了中国黄河中游地区 8000 年前的古聚落遗址，被考古界命名为裴李岗文化，从而名扬世界。

5000 年前，轩辕黄帝出生于有熊（今新郑），并在此建都。新郑一带至今还留有 20 多处黄帝活动的遗迹，关于黄帝的民间传说和故事更是多得不胜枚举。同时期的大河村遗址、西山遗址、青台遗址、点军台遗址等，雄辩地证明了古史记载中的真实性。

4000 年前的嵩山脚下，是夏王朝初期活动的中心地区，也是大禹活动的最重要地区。这里留下许多有关大禹的传说，还留有启母阙、启母石、大禹园、太室阙、古阳城遗址、王城岗遗址、徐庄禹洞等大量的大禹文化胜迹。

20 世纪之前，商朝仅仅是一个传说，存在于司马迁的《史记》之中。

1899 年，一大批刻在甲骨上的殷商文字被发现识别。3000 多年以前的商朝，终于成为信史。安阳，作为殷商中晚期的都邑，顿时成为考古学家顶礼膜拜的圣地。

20 世纪中后期，考古学家又在郑州发现尘封于地下的早期商都。

公元前 1046 年，姬发灭商殷建立西周，周王将其弟管叔封于郑州，史称管国。周王在郑州的封国还有邻国、东虢国、祭国和密国。郑武公将郑国国都建在荥阳，成为郑国第二代国君。郑国随后吞并了邻国、东虢国和胡国。

郑国建都郑州 400 年，郑庄公是春秋时期第一位中原霸主，郑国的法家思想对后世影响深远。战国七雄之一的韩国，建都郑州 145 年。

秦汉时期，郑州地域以荥阳为中心，处于交通和运河要道，经济日趋繁荣。

自隋开始，隋、唐、五代、宋、金、元、明、清，郑州八代为州。583 年，隋开皇三年，改荥州为郑州。596 年，从郑州分出管州。619 年，太尉王世充废杨侗自立为帝，国号郑。这是中国历史上的第三个郑国。

北宋建都汴京，宋代建郑州为西辅，为宋代四辅郡之一。明朝建立后，郑州划归开封府。清代，郑州两次升为直隶州。

1902 年，兴建中的卢汉铁路建立郑县站。

1909 年，卢汉（平汉）和汴洛（陇海）两条铁路在郑县交会，不同方向的火车从郑县经过。

1923 年 2 月，京汉铁路二七大罢工在郑县发起。

1948 年 10 月，郑县解放，设置郑州市。

1954 年，郑州市成为河南省省会。

1963 年，郑州站成为特等客运站，并最终确立了全国铁路的枢纽地位。

1974 年，郑州市被公布为国家历史文化名城。

2004 年，郑州市被认定为中国八大古都之一。

2008 年起，郑州成为世界旅游城市市长论坛永久举办地。

2015 年 12 月，上海合作组织成员国政府首脑理事会在郑州召开。

火车拉来的城市

在未通铁路之时，郑州只是清朝末年的一个县城，默默无闻。之后，它的地位不断上升，渐渐取代了原省会开封。后来，郑州更是超过了洛阳和开封两大古都，它们，都曾经是当时世界的第一都城。

郑州地位的变迁，得益于它的战略地位和两条铁路的开通，因此，它被称为"火车拉来的城市"，最终成为中国铁路运输的"心脏"。

京汉铁路为何绕过当时的省会开封？这是历史的选择。

智者张之洞在设计铁路线路时，没有选择在风险极大的"地上悬河"开封段修桥，而选择了更为安全的郑州花园口。京汉铁路线从郑州经过，从而成就了郑州 20 世纪的振兴。限于当时的技术和资金支持，开封失去了一次难得的历史机遇。

从一座火车拉来的内陆城市，发展到"买全球卖全球"，从"米"字形高铁规划到河南自贸试验区获批、国家中心城市、千万人口城市、万亿元城市……郑州的每一步成长、每一次提升，都刻录着决策者孜孜以求的身影，凝聚着建设者的智慧与汗水。

40 年前，初入省会，一切都很新鲜，曾在周日骑自行车遍游郑州。自认为熟悉的城市，如今愈发感到陌生。

郑州从一个被遗忘的古都，摇身一变为联通世界的"国际郑"。

中欧班列，这一当代新丝路的"钢铁驼队"，正源源不断从郑州驶出,将巨大利好播撒欧亚各国。

中欧班列,正一班接着一班从郑州航空港升空,开辟史无前例的空中新丝路,拓展着共享共赢的新机遇。

玄鸟归来

哦,隐匿已久的神秘之鸟,跨越数千年的时空,正在飞来,飞来。

那是一条无比光荣的归乡之路。

被西方学者誉为"青铜和玉"的商代,将在一个现代化的遗址博物院内实现"金玉共振"。

3600年前,亳都是商朝前期最重要的都邑,当时世界最大的城市之一。一个伟大的王朝就从这里起步。3600年后,这里即将成为朝圣中国历史的必经之路。

中原福塔是世界最高的全钢结构发射塔,又是一座多功能的商业艺术文化中心。可以观赏世界最大的手绘全景画《锦绣中原》。游客可以通过输入想要了解的姓氏,看到图文并茂的姓氏起源解读。塔座外围的十四幅浮雕,展现了中原地区古老而美丽的神话传说。

走进郑州市雕塑公园,就能看到一座高15米的巨型玄鸟雕塑,威武霸气。玄鸟又像一个变形的"中"字,寓意中原文明。

郑州,商都。商之古都,商业之都,周而复始。华夏文明起源于此,必将复兴于此。

一个城市的高度,源于文化的厚度。古城墙的内侧,已经消失的地标建筑,即将在这里复原。千年名楼夕阳楼、百年书院街,将重现芳华。街头巷尾,将延续千年文脉。

郑州,商之古都,世界为之瞩目的现代之都。它是真实的,并非卡尔维诺意象中的"看不见的城市"。

爱上一座城，移民一座城，报效一座城，终老一座城。

玄鸟生商石刻

水流郑州

悲喜黄河

河，是一座城市的年轮。

郑州，因一条大河流过而自豪，而悲伤，而欢笑。

当然，黄河并不属于郑州，她只是从郑州身边流过。但是，黄河流经郑州，留下了太多的故事。这些用泪与笑写成的故事，全都流进了民族的史册。

史前的大河村遗址，存留了远祖的身影。邙山炎黄广场，展示着先贤的鼎盛。

邙山有一座巨大的大禹雕像。大禹站在山岭之巅。大禹乃治理黄河的始祖。禹受舜命，修理河道。经过数十载不懈的努力，不羁的黄河第一次被驯服。

邙山有毛泽东视察黄河的纪念地。摄影师拍下了这一瞬间，成为黄河历史闪光的一瞬。"一定要把黄河的事情办好。"他沉思许久，留下一句话，掷地有声，响过黄河的波涛。

国家治理黄河的机关，设在郑州。经过数十载不懈的努力，不羁的黄河再一次被驯服。

黄河南岸，花园口掘堤堵口记事碑表情忧郁。抗日战争初期，为阻止日军西进，国民政府炸开黄河大堤，致使豫、皖、苏三省44县蒙受水患，89万人惨死，390万人流离失所。黄河血泪滔滔，被迫改道8年之久。

曾经的悲伤，已经流入大海。

如今的黄河，总是露着笑脸。黄河游览区到处是渔村、湿地、休闲农庄，时刻向游人招手。

金水河，含金

金水河，一条流过2500年历史的河。

春秋时代的祖先有福分。郑国诞生了一位不毁乡校的贤相，大名子产。

他执政26年，以百姓为衣食父母，极尽谦恭。这个依靠言论自由和法典治国的贤者死后，天下同悲。思想家孔子泪流满面，称子产是先人留给晚辈的恩惠。百姓倾其所有为其送葬。他们怎知，子产已给家人叮嘱，礼金一概不受。百姓便将这些金银投到河中。河水因为珠宝的绚丽而金色闪闪。金水河由此得名。

郑州，曾被遗忘得太久。

百年前，随着京汉铁路的开通，郑州作为重要的车站，再次进入世人的视野。70年前，郑州成为河南的省会。3000年前的商代故都遗址被意外发现。金水河，恰从遗址中间穿过。

金水河的北岸，有一座不起眼的小山。相传，宰相子产春游护城河，看到山下盛开的紫荆花，赐名此山为紫荆山。今天，它成为超高人气的公园。

河水断流过，也受到过污染。如今，河畔建起连绵十多公里的滨河公园，绿树成荫，成为休闲者、健身者的乐园。

无数次在金水河畔漫步，聆听鸟鸣，在天然氧吧里吸氧，凝望灵性的细流怀古。

也一直心生感慨：游乐设施已经够多，唯独，少了一尊先贤子产的雕像。

熊儿桥下的河流

熊儿河，源于明代的一座桥梁。

某年深秋，郑州连下暴雨，南关外的小河泛滥，两岸百姓叫苦不迭。住户熊儿侠肝义胆，把自己多年的积蓄慷慨捐出，带领群众挖河筑堤，排洪导水，最终把害河变成了益河。为方便人们行路，熊儿又在南城门外的河上修起一座石桥。

人们铭记熊儿的功德，将石桥以他的名字命名。无名河因桥得名。

郑州虽有多条河流，但真正从老城区流过的，只有金水河与熊儿河。

两条河流，共同见证了一座古城的沧桑巨变。

贾鲁河，被时光掩盖

赫赫有名的鸿沟，早已干涸。楚汉相争的故事，却流传至今。

楚霸王项羽与汉王刘邦在此对峙，约定：以鸿沟为界中分天下，鸿沟以西者为汉，以东者为楚。

鸿沟相传为2300年前魏国所凿。其故道北引黄河水入圃田泽，东流开封，最后流入淮河。曾几何时，河流淤废。元朝至正年间，一位名叫贾鲁的山西籍官员受命治理黄河。他采用疏浚和堵塞并举的方法治水，开凿了新的河道。古运河重新焕发生机。豫人感谢贾鲁的恩德，便把重新疏通的运河改称贾鲁河。

鸿沟干涸了，一段历史也被时光尘封。考古学家给出了谜底：今日贾鲁河，其前身就是远古的鸿沟。

贾鲁河静静流淌，默不作声。它心里明白，被时光掩盖的历史，终会复原。

春风复度东风渠

金水河、熊儿河，向东流去，不约而同地汇入东风渠。

东风渠，一个极具时代印记的名称，也是郑州河龄最短的运河。1958年，郑州人民为了造福后代，自愿义务劳动，挖掘出一条引黄灌渠。

不知何年，灌渠废弃，成了一条臭水沟，春风不度。

21世纪之初，万人清淤，渠水变清。

东风渠，春风复度，实至名归。

如意湖的倒影

20 世纪，一口名不见经传的鱼塘；

21 世纪，摇身一变成为美丽的湖泊。

湖泊又与河流相连。空中俯瞰，酷似传统的吉祥物——如意。

湖畔周围，是高楼林立的商业中心。

"大玉米""巨型伞""鸵鸟蛋"，是盛开在如意湖畔的三朵金花。

水中留下它们的倩影。大玉米身材修长，压倒群芳，成为回头率最高的新贵。

注：如意湖位于郑州郑东新区 CBD 中央公园的中心，周围分布三大标志性建筑——郑州国际会展中心（巨型伞）、河南艺术中心（鸵鸟蛋）、千禧广场（大玉米）。

鸿沟

黄河南岸。广武山。魏惠王时期挖掘的鸿沟。曾经的通济渠西段的古运河之源。

汉王刘邦和西楚霸王项羽在此交战，历经数年。刘邦由弱而强，项羽求和，提出中分天下，割鸿沟为楚汉的边界。

战争的硝烟渐渐消散。汉帝国建立，楚河汉界不复存在。作为历史，它却戏剧性地定格在中国象棋的棋盘上。

竹林名士阮籍到此凭吊，长叹一声：时无英雄，遂使竖子成名！

楚汉两军对垒的城址，今天是著名的景观。

鸿沟早已干涸。"鸿沟"的字意却被引申。

一群鸿雁飞过，留下悠长的余音。

也许，它们看到了这条宽大的鸿沟？

炎黄广场

一个依山傍水的巨大广场。

除了天安门广场，找不出比这里更雄伟更令人难忘的广场。

炎黄二帝的巨型雕像依邙山而建，像慈父，在高高的山顶凝视着我们。来自全世界的中华儿女，无不在此驻足寻根，虔诚地鞠躬朝拜。

对面是静静流淌的黄河。曾经怒吼咆哮的母亲河，如今异常安详。父亲自强不息，母亲厚德载物，他们塑造了博大包容的民族之魂。

一个不忘根本的民族，一个生生不息永葆青春的民族。

漫步在炎黄广场，心胸顿时天宽地广。好像置身于摇篮中，内心滋生着骄傲之情。

惠济梦寻

　　这里曾叫"邙山区"，如今，变成了"惠济区"。

　　是因为那座在历史记载中曾列入"荥泽八景"之一的惠济长桥吗？它是惠济人永远抹不去的一丝记忆、一片梦想。

　　长桥消失了，名称和寓意却保留下来。

　　有人说这是复古。对于这样的"复古"，我们应该拍手称赞。

　　平等才能互惠，和衷才有共济。这是智慧的选择，通往繁荣幸福的法门。

　　站在古荥镇汉代冶铁作坊，不觉两颊发热。

　　生活在古都郑州，竟对如此重要的钢铁文明遗迹全然不知。

　　国外冶铁史家誉之为"世界冶铁工艺摇篮"。

　　两千年前华夏盛世的生动见证。

　　在寸土寸金的时代，保留了原始的生态园黄河湿地。

　　这里栖息的鸟兽，自由自在，不会受到惊吓。

　　这里生长的野草、野花和芦苇，保留了自己的生活方式。

　　走进邙岭，像钻进一条条绿色的胡同。

纵横交错的绿树，像一排排身着军装的卫兵，守卫着郑州；又像一杆杆绿色的旗帜，装点着郑州，山风吹过，掀起万顷巨浪。

古树公园里，生长着数株已有千年年轮依然绿叶茂盛的古树。

过去的荒山秃岭、黄沙暴尘，都已不见踪影。

一只神奇之手，一夜之间，把邙岭景色重新描画。

紫色浪漫

数不清的薰衣草，高仰着写满爱字的面孔，诱惑着每一位游客。

哦哦，这里不是普罗旺斯。并非地中海沿岸的异国风情。大河之南的一块滩地。流淌着诗经乐府唐诗宋词余韵的母亲河，流经一座现代气息浓郁的薰衣草庄园。

波涛般起伏的薰衣草花海，涌动着阵阵紫色情潮，向游人袭来。

久久压抑的浪漫，在此处决堤。

人们常常误解了紫，好像紫是红的升级版：大红大紫、万紫千红。

红是原色、单色，热烈，唯我独尊。紫是合成色，红中有蓝，蓝中有红，两者相互依存相互包容。红，产生冲动；紫，滋生浪漫。

空气里弥漫着薰衣草的花香。

你们好吗？我问候每一棵薰衣草。

当我蹲下身来，才发现薰衣草也有多种模样：狭叶薰衣草、齿叶薰衣草、蕨叶薰衣草、四季薰衣草、西班牙薰衣草。她们都异口同声地回答：

等待爱情！

这里是情侣们的天堂。让梦想飞翔的天堂。

望着古老的金德代克风车，梦想也像花丛里的蝴蝶一样翩然起舞。

我听见薰衣草在我耳旁悄然低语：

只要用力呼吸，就能看见奇迹。

世界很大，也很小。天地世界只有一个，人间世界却有无数。

一个男人，手牵着心仪的女人，走进一幢童话般玲珑的教堂。

新的世界，从此诞生。

首阳山的高度

未登首阳山，已知首阳之高。

邙山在偃师境内的最高处，日光先及，故有此名。但它的海拔毕竟只有 300 多米，在中国众多的名山之中，应该是名副其实的小弟。

首阳山的高度，有着不同的测量标准。

灿若星辰的历代君主、贤士在这里留下足迹，或长眠于此。商朝末年，相互礼让天下，扣马谏阻武王伐纣的孤竹国二君子伯夷、叔齐，耻食周粟，隐居首阳山，靠采食野菜为生，最终饿死在此。首阳山因此名声大振。

以儒家的道德观测量首阳山，堪称士人风骨的高峰。

站在首阳山顶，可以鸟瞰被称为"最早中国"的夏都宫殿。

以文明源头测量首阳山，它无愧于华夏文明史的重山之巅。

徜徉在洛水河畔

陶醉于被秋风劲吹却又不肯弯腰的芦荻。面对一群久违的古贤。

洛河不舍昼夜地东流。谁也说不清它究竟流过了多少岁月。

它的美丽与生俱有。传说伏羲氏的女儿宓妃，迷恋于斯，投身其间，化为洛神。曹子建魂萦洛水，写出梦中的女神"翩若惊鸿，婉若游龙"，令后世无数才子为之遐想。

洛神的故事绵延不绝，在戏曲舞台上演绎。

一条发源于陕西的河流，传奇却留在了河南。河出图，洛出书。洛阳因在洛水之北而得名。洛水经洛阳向东，流过夏、商、周、汉魏、隋唐，五大都城遗址至今犹存。

1500 年的建都史，十三朝中的夏都、商都、汉魏故城遗址，都在首阳山下的洛水河畔。

首阳山下的街道：华夏路、商都路、府佑路、汉魏路、杜甫路、夏都大道、府佐路、相国大道、蔡侯路、聚贤路、夷齐路、尚义路……开启人们对久远历史的想象。

洛水拍打堤岸，不停地讲述着先贤的故事。

主张"合纵"对抗秦国，身挂六国相印的纵横家苏秦，从堤岸策马奔过。

东汉内臣蔡伦，在北岸的作坊里改良造纸术，成功制造出蔡侯纸，名扬世界。

西晋文学家左思，在洛水畔苦心撰写《三都赋》，未想到一夜间"洛阳纸贵"。

唐代诗圣杜甫，与偃师有着不解之缘，自而立之年起便在洛水北岸的杜楼村居住，历时13年，目睹唐王朝由盛而衰，写下《兵车行》《丽人行》等一批不朽的诗篇……

游客在龙虎滩湿地公园流连忘返。

红色围巾在绿色芦荡前飘飞。一颗颗诗心在蓝天下高翔。

几只鸥鸟飞过，令游人颇感惊讶。

远处的楼群在告慰长眠首阳山下的诗圣：大庇天下寒士俱欢颜！

越过夏都大桥，河面变得开阔，与伊河交汇，流入黄河，成为母亲河的一支血脉。

在玄奘故里饮慧泉

来偃师，不到缑氏镇凤凰台陈河村的玄奘故里朝拜，是对先哲的不敬。

那个不畏艰险，九死一生，花费 4 年光阴，才到达印度取经的唐代和尚、文化使者，是中国、印度家喻户晓的圣贤。他把老子的《道德经》译成梵文，传给印度；17 年后，带着 657 部佛教典籍回到长安，又用 19 年，把 75 部 1300 万字的佛经译成汉语。

记载了他 17 年旅行经历的《大唐西域记》，更是珍贵无比。千年之后，印度多个城市消失在战火之中；借助这部典籍的记述，重新找回消失已久的记忆。

玄奘生平展馆，还原了玄奘被电视剧《西游记》扭曲了的真实形象。

千年前的一口古井。相传玄奘自幼饮此井水，智慧早开。俗名陈祎的少年 13 岁出家，当他归来省亲，已是法名玄奘的高僧。后人称此井为慧泉。

玄奘故里最具人气的一处。游客排起长队，只为饮一口慧泉。

大家心知肚明，饮几口泉水，人，就会变得聪明？

可是，大家还是喝了。以一种仪式，向圣贤致敬。

慧泉

夏朝的王爵

二里头，一个方圆不出二里的小小村庄，因为掩埋着 3700 年前的夏王朝都邑斟鄩，让世界为之刮目。

有一年曾来此村造访。在夏都遗址的田野里，寻觅祖先的踪迹。而今，田野已变成一座浩大的夏都遗址博物馆，已于 2019 年建成开放。

二里头遗址有许多重大发现：中国最早的"紫禁城"——宫城；中国最早的城市主干道网；中国最早的车辙；中国最早的大型"四合院"、多进院落宫室建筑群；首次在宫殿区发现贵族墓中的绿松石龙形器，被学者命名为"中国龙"；中国最早的国家级祭祀场；中国最早的青铜礼器鼎"华夏第一鼎"；中国最早的青铜爵"华夏第一王爵"。

铜爵是中国青铜器中最具代表性的饮酒礼器。夏人将铜爵作为特殊身份的标志。

夏人崇酒，沉湎于酒。到了夏桀的时代，饮酒之风更盛。他淫溺享乐，不祭祀祖先，却用酒灌池，所谓"桀为酒池可以运舟，糟丘足以望十里"。最终，夏亡于桀。

　　青铜爵作为夏王朝的一个标志性器具，出现在偃师宾馆的最醒目处。

　　久久望着"华夏第一王爵"，心情突然变得沉重。

　　想起一句广告语：

　　美酒虽好，请不要贪杯！

夏朝的王爵

当女皇登上缑山

公元 699 年，风和日丽。76 岁高龄的武则天，从神都洛阳出发，一路前呼后拥，赴嵩山封禅。返回时，留宿偃师的缑山升仙太子庙。

缑山虽不高峻却异常秀美，更因《列仙传》遐迩闻名。

《列仙传》记载，王子乔是周灵王的太子。他爱好吹笙，喜欢模仿凤凰的鸣叫。有一次，他在洛水漫游，跟着仙人上嵩山，一住就是 30 多年。后来，有人终于在山里找到了他。他说："请转告我的家人，七月七日那天在缑山上等我。"

到了七月七日那天，人们来到缑山，看见王子乔骑着白鹤，举手致意，飘然远去。

后人在缑山和嵩山为他立了祠庙。

女皇触景生情，写下碑文，并亲手书丹。

碑文记述周灵王太子升仙故事，暗藏女皇委婉的心曲。笔法婉约流畅，意态纵横。碑额"升仙太子之碑"六字，巧隐十个鸟形，是中国书法史上"飞白体"的绝世遗存。

原有的升仙观，今已不存。《升仙太子碑》历经风雨沧桑，却依然矗立于缑山之巅。

当女皇登上缑山，中国书法史，被重新改写。

巾帼书碑从此始。

升仙太子碑

巨石的守望

　　一个出生在首阳山的书法大家，为报效家乡的养育之恩，提议在其母校偃师高中建一座书法艺术馆。艺术馆虽以张海命名，却并非个人展馆。

　　依据张海建议，艺术馆建成了弘扬中国书法、培育书法新人的殿堂。

　　十个常设展厅为公众开放，陈列之丰富令人叹为观止。

　　十多年过去了，张海书法艺术馆已成为偃师文化的地标。

　　全国墨海弄潮的领航人，海纳百川，却自谦为淡月疏星。

　　艺术馆的广场上有两块泰山巨石，形成于25亿年前，被誉为世界化石中的珍品，名为"沐泽""萦云"。巨石各重数十吨，一竖一横，横者似纸，竖者似笔，寓意高深，又名"吃一惊""吓一跳"。

　　在历史的霞光中，巨石与张海书法艺术馆，神会，守望。

黄河渡口

一

黄河之水天上来。

从"世界屋脊"的雪峰流下，宛转曲折，汇成一条并不起眼的涓涓细流，清澈透明。

一往无前，百折不回。

吸纳众多支流，穿越重重峡谷。

历经万里跋涉，最终融汇成浩荡大河，投入渤海。

黄土高原的黄沙染黄了河的颜色。

巴颜喀拉山北麓的约古宗列盆地，有黄河源头的标志——牛头碑。

牦牛，见证了奇迹的发生。

玄鸟归来

二

华夏祖先在黄河的怀抱里生息、繁衍。

如何到达彼岸，解开更多的未知，开拓生存的空间？

渡口应运而生。

黄河像一条巨龙，沿岸的古渡口，犹如巨龙身上的胎记。

正是这些难以计数的古渡口，书写了黄河的人文史。

三

每一个渡口，都有自己的故事。古老的传说代代相传。

莲花渡源自莲花的地形；青石渡源自渡口石头的颜色；君子渡源自一位正人君子的传说；索桥渡则源自一座古老的铁索桥。还有临津渡、金城渡、横城渡、风陵渡、孙口渡、大禹渡、茅津渡……

甘肃靖远境内的古渡口，见证了西汉张骞及其随从，两次出使西域时渡过黄河的身影。汉武帝以军功封张骞为博望侯。司马迁称赞张骞出使西域为开通大道的"凿空之旅"。

张骞将中原文明传播至西域，又从西域诸国引进了汗血马、葡萄、苜蓿、石榴、胡麻等物种到中原培育种植。

一件古代欧洲的银器鎏金银盘在靖远出土，揭开了黄河古渡与丝绸之路的内在联系。

四

黄河上游的扎陵湖渡口，被誉为第一古渡口。

它见证了历史上的一个重大事件。

贞观十五年，唐皇室公主文成公主前往吐蕃，与藏王松赞干布会合。而这位美丽的公主与松赞干布相会后，经过的黄河渡口，就是扎陵湖渡口。它是中原与青藏高原沟通交流的要道。

扎陵湖渡口，或许并非黄河的第一个古渡口，因为它是汉民族与藏民族融合的象征，历史记住了这个渡口。

五

星罗棋布的古渡口只有一处以人名命名，它，便是大禹渡。

四五千年前，尧担任部落联盟首领。十年九涝，大家推举鲧担任治水首长。后来，尧以治水无功的罪名把鲧处死，任命鲧的儿子禹领导治水。

禹十分伤心，他发誓治服洪水完成父亲的遗愿。

经过实地考察，禹决定采取以疏导为主的治水方案。禹领导人们经过许多年的奋斗，凿龙门，辟伊阙，疏通了一道道水系，最终消除了洪水隐患，让无羁的河水臣服。

他长年在外，几次路过家门而不入，与众人一起在泥水中拼搏，浑身是泥，看起来像只熊，于是便有了"禹化为熊"的传说。

人们感激禹，尊称他为大禹，传颂他的事迹。

舜把部落联盟首领的职位传给了大禹。

大禹渡的禹王庙建在一处高地，有"万里黄河第一庙"之称。庙前有一株4000多岁的古柏，被人们称为神柏，相传大禹曾在此拴马、憩息，指挥治水。古柏的枝干上缠满了红色的丝带，寄寓着众多游客的心愿。

六

黄河最美是韩城。

韩城境内有黄河名胜龙门渡口。

龙门亦称禹门，相传大禹在此导河，凿石通流。

禹门三级浪，平地一声雷。

鲤鱼跳龙门的传说，增添了几分神秘。

在韩城芝川镇南原上，建有司马迁衣冠冢和司马迁祠。那位受过宫刑仍隐忍苟活、发愤著书，写出千古《史记》，死后重于泰山的韩城汉子，日夜倾听龙门传来的黄河涛声。

龙门弹奏的巨大旋律，只有英雄才能会意。

七

黄河在中条山和崤山的夹峙下，奔向又一个险峻的峡谷。

峡口的两座石岛神门岛与鬼门岛，把河分为三股，像为黄河打开了三扇大门。相传当年大禹治水，用神斧劈开砥柱山，形成"人门""神门""鬼门"三条峡谷，引水东去，三门峡由此得名。

峡口三座小石岛梳妆台、炼丹炉和砥柱石，顶着黄河的巨流。

砥柱石独立波心，敢与狂涛争高下，被誉为中流砥柱。

三门峡北岸有一个古老的渡口茅津渡，与南岸渡口会兴渡隔河相望，距今已有 2700 余年的历史。茅津古渡自秦至唐，都是漕运码头重镇。

"唇亡齿寒""假虞灭虢"的历史典故，源出于此。

八

黄河是全世界含沙量最高的河流。

泥沙导致中下游河床升高，制造了高出地面的"悬河"。

两千多年间，黄河泛滥决口数以千计，数十次被迫改道。

黄河洪水，改写了历史上的河流版图。

曾经与长江、黄河、淮河并称为"中国四渎"的济水，因黄河的"吞"入而消失踪影，仅留下济源、济南等地名。

黄河的改道也委屈了淮河，使它与大海再无缘分。

河南滑县白马津古渡口，修建于先秦，消失于元代，曾上演过多幕历史大剧。而今，仅有一块"白马津遗址"的招牌立在马路一侧。好在还有李白的乐府诗《白马津》可以立此存照：将军发白马，旌节渡黄河……

山西省永济市蒲津古渡口，曾是秦晋两地的交通要冲。战乱、积沙迫使黄河改道，致使渡口与浮桥神秘消失千年之久。近年，考古发掘出唐开元年间修建的蒲津渡遗址。除了铁索、浮桥残片，遗址还发现四尊大铁牛和四个虎虎有神的铁人，被称为"世界之最"。

古渡口隐藏的文物，复原了久违的盛唐气象。

九

河南孟津，因武王伐纣"八百诸侯会盟津"而得名。

"盟津之誓"吹响了灭商兴周、改朝换代的号角。

先后有六个朝代在此建都。这里是河洛文化的发祥地、华夏民族的摇篮。

孟津黄河渡口，曾为黄河一条黄金水道。南来北往的军队客商，西输东运的粮食货物，都要在这里停留装卸，搭乘船只。

而今，这些古渡口，成为游客穿越历史的教科书。

十

黄河流淌黄沙，也流淌先辈的血泪。

郑州黄河南岸古渡口花园口，历史上有过许多次决口，但都未造成特大灾害。1938年，蒋介石命令在花园口扒开黄河大堤，造成人为的黄河决堤改道，没有淹死日本侵略者，却让89万同胞丧生，千百万人流离失所。花园口从此扬名。

黄河由于决堤，被迫改道8年之久，导致了1942年的河南大饥荒，3000万人受灾，300万人死于饥饿！

渡口都有记忆。

记忆或在民间流传，或物化为广场、雕像、纪念碑。

花园口纪念广场，"一九三八年扒口处"纪念碑坐落于此。一组大型浮雕，再现了当年河水泛滥、百姓流离失所的凄惨场面。

今天，黄河南岸已建成国家湿地公园。

十一

1952 年，毛泽东利用新中国诞生后第一个假期的机会，乘专列视察黄河，发出一定"要把黄河的事情办好"的号召。

70 年过去了，昔日桀骜不驯的黄河，岁岁安澜。

郑州邙山的黄河水，经几处提灌站和取水闸，每年为郑州市居民提供大部分饮用水水源，成为郑州人的生命线。

黄河上中游先后建成十几座水利枢纽和水电站工程。三门峡、小浪底等黄河水利枢纽，令世界瞩目。

母亲河已成为水利之源、电力之源。

十二

时过境迁。

一座座拔地而起的华丽大桥，取代了那些昔日古朴的渡口。

桥梁不是天外来客，它只是渡口的延伸、升级。

黄河上的第一座正式桥梁——郑州黄河铁路桥，1906 年竣工，由比利时人承包修建。它在 20 世纪末，成为"古董"。

1949 年，黄河上仅有郑州黄河铁桥、泺口黄河大桥和兰州公路桥三座桥梁，全由外国人设计、施工。

新中国成立后，黄河上陆续建成公路桥、铁路桥、人行桥、公铁两用桥 200 多座。

十三

　　"一带一路"倡议由中国提出。

　　古老的丝绸之路，有了全新的升级版。

　　黄河渡口，有了更长的延伸。

　　记住黄河上的那些渡口、桥梁，那些故事。

　　坐标不灭，目标与抵达就不会迷失。

XIAN

XIAN

CI

先贤祠

试用诗句搭建祠堂，以敬奉心中的先贤。

圣地羑里城

秋风萧瑟。片片黄叶飘落在羑里城遗址的高台上。

这就是羑里城吗?

周围不出 400 步。除去参天的古柏和正在变秃的树木,最引人注目的便是周文王姬昌当年被囚禁的牢房,一个面积不大的方形建筑。还有几块残缺的石碑。

由于奸臣进谗言,西伯昌被商纣囚禁在羑里城。面对监狱的高墙,西伯昌心中痛苦万分。振兴周族、剪灭商朝的理想远远没有实现,怎能蹲在监狱里浪费时光?他想起伏羲氏发明的八卦,经过排列组合,共得六十四个图案,演绎成六十四卦;并写出探究吉凶的卦辞和爻辞,后人称其为《周易》。因为受到监视,许多事的吉凶利害不能直说,《周易》的文字晦涩艰深,隐藏着许多密码。表面看是一部占卜书,可有人读出了历史,科学家从中获取灵感,哲学家视它为源泉。

没有鸟语花香,也没有红墙蓝瓦。只有萧瑟的秋风、自由飘落的黄叶。

　　"洹荡之间曰羑里，演易圣人昔拘此。"

　　想想面对的是中国有文字记载的第一座国家监狱，想想殷纣王曾将西伯姬昌周文王囚禁于此七年，想想文王正是在这段失去自由的岁月里，以年逾八旬的衰老之躯，推演出不朽的巨著《周易》，游客不禁个个肃然，心绪犹如洹荡两河奔涌的流水。

　　古朴得近乎苍凉。

　　将4000年前的历史与现实连接在一起，中间的空白全留给游人去想象。

周文王羑里城

诗歌与国家的命运

沿着古老的淇河，寻找 2600 多年前一位美女诗人的遗踪。

哦，那位拿着竹竿，在淇河边优雅垂钓的闺中少女，可是你远嫁许国前的倩影？

人们不知道你真正的名字，但知道你是许穆夫人。

国君许穆公被人们遗忘了。历史记住了一个小女人：许穆夫人。

在卫国遭遇侵略的危难之时，玩物丧志的卫懿公成了狄人的刀下鬼，新君卫文公也危在旦夕。你心急如焚，劝说丈夫派兵前往卫国救援。未料许穆公害怕引火烧身，断然拒绝。

面对群臣无情的嘲讽和阻挠，你坚持驱车回到故国奔丧。

悲愤中，你写下千古名诗《载驰》"载驰载驱，归唁卫侯……"，恳望有实力的大国伸出援手，力挽狂澜。诗篇感动了齐国的国君。齐桓公毅然派遣公子率兵救援，帮助卫国收复了失地。

卫国因此又延续了 400 年之久，直到中国成为一个大一统的国家。

一首诗，改写了国家的命运。

归玄
来鸟

《载驰》收入《诗经》，成为中国诗歌世世代代传诵的经典。

而你，许穆夫人，成为中国有史以来第一位女性诗人，也是唯一用诗歌拯救了国家的诗人。

如今，淇河两岸有多处许穆夫人垂钓纪念地。卫国后人以你为荣。

《载驰》被镌刻在淇河岸边的诗碑长廊。

游人在此驻足，历史即刻重现。

殉道者

世人称你商鞅，我坚持叫你卫鞅。

因为你是卫国人、中原人。

弱小的秦国因你的变法而走向强大。六代君主因遵循以法治国的理念，最终让兵戎相见的列国走向统一。

案头放着一部《商君书》。我记住了书中《更法》中的一句话："法者所以爱民也。"这句话是全书的纲。攻击你为酷吏的人，从来不提这句话。

史书记下了秦国变法后的场景："道不拾遗，山无盗贼""勇于公战，怯于私斗"，整个国家进入"大治"之世。如果百姓的生活得不到温饱，何来道不拾遗？

有人说你是一个尚武者。尚武也可成为罪名？可悲的是，从古到今，从中到外，没有血性的民族只能做羔羊。

战时的法律绝对不会完美。但是，谁能找出比能打胜仗的法律更好的法律？

以你的贡献，至少应该与教育家孔子平起平坐。但你没有孔子

归玄
来鸟

的命运。孔子的祠堂不计其数，你却没有一个。

2000多年前，老士族恨你；2000多年后，特权阶层恨你。殉道，也许是你唯一的宿命。

你本是中原人的骄傲。可是，来到古卫国的土地，竟找不到关于你的任何遗迹。

晚辈的心中隐隐作痛。

陉山之上

新郑市的陉山之上，有一座 2500 多年前的陵墓，墓的主人名叫子产。

一个执政 26 年的宰相，死的时候，家中竟然没有积蓄为他办理丧事。

郑国臣民闻讯，纷纷捐献珠宝玉器。子产的儿子不肯接受，百姓只好把捐献的财物抛到子产封邑的河水中，以表悼念。珠宝在河水中泛起金色的波澜，从此这条河便被称为金水河。

子产下葬之时，郑国百姓哭声遍野，悲痛犹如失去亲人。举国哀悼，三月不闻琴竽之声。

孔子周游列国时到过郑国，听到子产去世，流着眼泪说："子产，你是历史给我们造就的最慈悲的人啊！"

子产受命于危难之时。乡校是当时的民间论坛，也是知识分子发牢骚的地方。有人向子产汇报，建议关闭乡校。子产坚定地说："大家到那里议论政治上的得失，认为是好的，我们就实行；认为是不好的，我们就改正。都是难得的老师啊，为什么要毁掉乡校？"

子产制定了中国最早的法律，铸在青铜鼎上公之于众。这位列国的楷模，被后人尊为"春秋一人"。

伟大的先贤，竟遭遇遗忘。其陵墓几乎被四周贪婪的采石场吃掉。

片片黄叶落在子产的陵墓上，无人打扫。

渠水千年不息

到陕西三原县，不能不看郑国渠。

渠水穿山过岭，深不见底，流淌着 2000 年前一位水利工程师的感人故事。

原本是一场阴谋，最终成为泽润后世的佳话。

韩桓惠王苦于秦国的不断东进，想出一个抵抗的妙策：派水利专家郑国充当奸细，帮助秦王开发关中，以分散人力，使韩国获得喘息之机。郑国带着重任来到秦国。

年轻的嬴政刚刚继承了王位。他接受吕不韦的安排，召见郑国。郑国将水渠开成后关中的丰饶前景，作了生动的描述。秦国君臣听后人人折服。工程进展到一半，郑国"间谍"的身份被识破，朝野一片哗然。

秦王政下令把郑国押来咸阳亲自审问。郑国早已做好了赴死的准备。他从容地说："开发关中，韩国能得到什么呢？充其量不过是秦国不去进攻，过几年安定的日子；但对秦国来讲，一旦关中水渠修成，就成就了秦国的千秋基业，究竟对谁有利，岂非不言自明？"

归去
来鸟

秦王政转怒为喜，当场拍板，支持他把工程做完。

数年以后，连绵三百里长的水渠终于完工。汹涌的泾河水穿山而过。盐碱地逐渐变成绿色的沃野。

秦国因郑国渠的开凿而更加富强。

韩国却并未因有此"良策"，挽救终将灭亡的命运。

成就一项伟大的水利工程，是水利专家一生的梦想，郑国实现了。

他受命于自己的君主，更受益于另一位目光远大的国王。

圣人的冥思

隆隆的鞭炮声唤醒了在泗水之滨安息的孔子。

我的生日？竟然已经 2578 岁？

很久没有听到曾令我三月不知肉味的韶乐了。这可是从夏代开始，国家大典才能使用的音乐啊。学子们诵读《论语》。主持人说我是至圣先师，被列为"世界十大文化名人"之首，并说参加祭孔大典的有 2000 余人，包括多国友人。

典礼官带领众人行鞠躬礼。庙堂乐舞声中，一位官员恭读祭文："迄吾夫子，木铎天降。少陈俎豆，礼容端庄。长肆文献，私学开讲……泰山苍苍，洙泗泱泱。夫子之风，山高水长……"

时间像流水一样消逝，可在曲阜，却停了下来。

他已记不清多少次被唤醒。

他被安葬在这里，成为疲惫心灵的栖息地。鲁哀公前往致祭，称他"尼父"。众弟子在此守墓三年，唯有子贡守墓六年。

历代孔家后人、历朝当权者来此祭拜，令他欣慰。

一代代孔氏后裔在他身边安葬，有坟茔数万座，人称孔林，比曲阜城区还大。

他的后人因他而享受殊荣。偌大的孔府，偌大的孔庙，都是神圣不可侵犯之地。

想想当年流亡列国十四年，被人嘲笑为"累累若丧家之狗"的狼狈相，连做梦也未想到，他能享有今日的哀荣。

他也记不清多少次被喧哗声惊醒，令他悲伤。

"打倒孔家店""打倒孔老二"的怒吼声犹在耳边。

有多少孔林的墓碑被毁？有多少孔林的墓穴被掘？有多少孔林的树木被伐？有多少孔府孔庙的碑刻被推倒？

孔林在哭泣，孔府在哭泣，孔庙在哭泣，圣人在哭泣。

但是，在2000多年历史的长河中，受辱只是短暂的一瞬。

历经千年的反省、冥思，他终于想明白，看清了自己，也看清了历史。

他本一介布衣，只在鲁国当过四年官吏，有政绩，也有过失。"圣人"的桂冠是官方赐予的，不堪重负。他对平生的希冀，只是做一个君子；要求自己的学生，只能当君子儒而不能当小人儒。

他自称"述而不作，信而好古"，是弟子和再传弟子们编出《论语》，让他的思想流传后世。

他的一些本意被人为曲解了。

他说"君君，臣臣，父父，子子"，是指君臣、父子都应该各有各自的责任；"君为臣纲，父为子纲，夫为妻纲"并不是他的本意。可谁来替他辩解？

他也有过失。任鲁国司寇，七日便诛杀政敌少正卯，因言杀人，开了一个不好的先例。

从汉以降，不知有多少"少正卯"成为冤魂！

他终生求仕，也成为不好的先例。

他当过多少帝王的遮丑布？

又当过多少士子的敲门砖？

好在，"有教无类"早已成为现实。

诗歌与音乐，已经成为人们生活的一部分。

"仁、义、礼、智、信"，正在成为公民的价值观。

他毕生向往的"大同"理想，已经深入人心。

他欣慰，时光过了2000多年，还依然在被后人怀念。

濮水垂钓者

清澈的濮水边，一个衣衫褴褛的士人在垂钓，聚精会神地盯着游鱼。

并非闲情逸致，亦非当年姜太公钓鱼的用意。他的确需要鱼肉来果腹。

他当过宋国蒙县管理漆园的小官，深谙名利之害，自己辞职不干了。住在狭窄的小巷里，靠编织草鞋度日，面黄肌瘦，有时，还向邻居借米救急。

他学问渊博，对诸子百家都有研究，但独尊老子，对于孔子，也多有赞语。

然而，当年姜太公用鱼竿钓出仕途的一幕，还是再现了。

听说他在濮水垂钓，受楚威王派遣，两位衣冠楚楚的士大夫驾车远道而来，带着重金，迎聘庄周到楚国担任丞相。

对于一个士人，这可是千载难逢的机遇啊。

可这是庄周。庄周依旧持竿钓鱼，连头也不回。

使者说：吾王久闻先生贤名，欲以国事相累。深望先生欣然出山，上以为君王分忧，下以为黎民谋福。

庄周听后，淡然说道：我听说楚国有只神龟，被杀死时已三千岁了。楚王珍藏之以竹箱，覆之以锦缎，供奉在庙堂之上。请问二大夫，此龟是宁愿死后留骨而贵，还是宁愿生时在泥水中潜行曳尾呢？

使者道：自然是愿意活着在泥水中摇尾而行啦。

庄周说：说得对啊！那么，就请二位大夫回去吧！我也愿在泥水中曳尾而行。我已决定终生不做官，做一个精神自由的人。

庄周隐居南华山，潜心著述，爱写寓言，将深奥的哲理隐藏在寓言之中。他崇尚逍遥游，物我同化为一，将自己一生活成了寓言，被人尊称为庄子。

庄周与弟子走到山脚下，看见一株大树，枝繁叶茂，耸立在溪流旁。

庄周问伐木者：这么高大的树木，怎么没人砍伐呢？

伐木者似乎对此树不屑一顾：此树是一种不中用的木材。用来做舟船，则沉于水；用来做棺材，会很快腐烂；用来做器具，容易毁坏；用来做门窗，脂液不干；用来做柱子，则易受虫蚀，此乃不成材之木。不材之木，无所可用，所以能有如此的高寿。

庄周意味深长地说：树不成材，方可免祸；人不成才，也可保身。可是，人们都知道有用之用，却不知无用之用啊。

伐木者若有所思，弟子恍然大悟。

庄周梦见自己变成一只蝴蝶，飘飘然，十分轻松惬意，全然忘记了自己是庄周。一会儿醒来惊慌不定，对自己还是庄周惊奇疑惑。

一直想不明白，到底是庄周做梦变成蝴蝶呢，还是蝴蝶做梦变成庄周？

这莫非就是物我同化？

共患难的老妻先他而去，庄周老泪纵横。

继而一想，人的生命如同四季变化，人死了，安睡在天地之间，应该欢笑才对啊，我怎么去哭？

好友惠施去吊唁，看到庄周敲盆唱歌，大为不解。听了庄周的讲述，心方释然。

庄周活到八十多岁，觉得自己真的要与造物者相游了，心情十分平静。

战国时期流行陪葬，认为陪葬品可以保障人在另一个世界里生活富足。而像庄子这样的大师，陪葬品自然不能少。

弟子们想用很多贵重物品给老师陪葬。

庄周对弟子们说：我以天地为棺椁，以时间为连璧，以星辰为珍珠，万物都可以作为我的陪葬。我陪葬的东西难道还不够多吗？

弟子们无不垂泪，说：我们怕乌鸦和老鹰吃掉您的遗体。

庄周笑了：天上有乌鸦和老鹰来吃，地上也有蝼蚁来吃啊，要是夺了前者的食物给后者享用，不是太偏颇了吗？

庄子死后，弟子们遵从师教，将老师遗体从简掩埋，并将老师遗著整理传世。

庄子死了，《庄子》活着。

千千万万的追随者，从那个濮水垂钓者的智慧里受益。

身披孔子的外衣，心里却藏着庄子。

庄周，庄周，康庄大道，周行不殆！

刑场忏悔

公元前 208 年，秦二世二年七月，秦丞相李斯遭受赵高诬陷，罪名"谋反"，被判处五刑，腰斩于咸阳闹市。三族的人都被处死。

绑出牢门走向刑场，李斯看到心爱的次子也一同被押解，怆然对儿子说：我真想再牵着黄狗，咱们一同走出上蔡东门，去打猎追逐狡兔啊，可现在，又怎能办得到呢！

说罢父子抱头痛哭。听者无不落泪。

在行刑的极度痛苦之中，一生的经历在脑海里闪现：

年轻时，他与韩非一同投师荀卿，学习"帝王之术"。之后，为实现人生理想，离楚投秦。先为吕不韦舍人，得以说秦王。李斯先后被秦王拜为长史、客卿、廷尉、左丞相，辅佐秦王兼并东方六国，成就帝业，一统天下。

秦始皇是他一生最大的贵人、恩人，本应永世相报，为何会参加沙丘政变？为何与赵高合谋，伪造遗诏，迫令始皇长子扶苏和大将蒙恬自杀，拥立寡德少子胡亥为二世皇帝？

一错铸成千古恨。

他为一时糊涂成为赵高的帮凶悔恨不已，为背叛恩重如山的始皇悔恨不已，为太子扶苏和大将蒙恬之死悔恨不已。

如果仁慈刚勇的太子扶苏执政，怎会有今天的悲剧？

他想到荀师的教诲：人之生也固小人。我的本性就是一个小人啊，为何不用仁义战胜它？

屈服小人赵高，这是应得的报应！

他的眼前好像有一只老鼠在跳动。哦，那是一只仓鼠。

瞬间，他想起早年悟出的"老鼠哲学"，心中长叹：当年我以仓鼠自豪，而今，上得越高，摔得越远！

他想起被秦王所采纳的《谏逐客书》，天下一统后，反对分封制，坚持郡县制；参与制定大秦法律，统一文字，统一车道，统一度量衡，统一货币，修筑驰道……

他最得意的，是把书写不便的六国文字改革成秦篆，谦称小篆，并亲自写出《仓颉篇》，用作学童课本。而刻在名山、碑碣、钱币上的小篆文字，全都出自他的手笔。

想到这些荫及后代的作为，他又感到欣慰。

他终于忘记疼痛和耻辱，永闭双眼。

孤独驾车手

总是有人看到，"酒鬼"阮籍驾着车，一个人，在茫茫旷野里狂奔。

每当在绝路上碰壁，就恸哭而归。

魏晋时期的一个不合时宜者。

其父阮瑀是曹操的重要幕僚。阮籍幼年丧父，从小随母饱读诗书，素怀治世之志。正始年间，司马懿诛杀曹爽及何晏等，曹魏政权归于司马氏。因司马懿为阮瑀故交，阮籍应司马懿之请，不得已而出仕。

阮籍在京师结识嵇康，一见如故，遂成至交。

二人同厌司马氏阴谋篡权诛杀异己。他们与同居山阳的另外五子，结伴游览于云台山百家岩竹林之下，放达任酒，畅言老庄。

"竹林七贤"以隐避祸，在林间静观时局之变。

司马懿政变成功，名士们开始分道扬镳。有的成为新贵，有的高傲不羁。

阮籍进退两难，陷入极度苦闷之中。

阮籍受到司马氏父子重用，谨言慎行，如履薄冰。

身在仕途，却从不过问政事。饮酒是自我麻醉，何尝不是自我保全。

阮籍有个女儿，貌如貂蝉，才比昭君。司马昭为儿子司马炎选妻，托人求亲。阮籍天天醉卧，一连六十天不接待来客，司马昭见状只好作罢。

阮籍有一双青白眼，常常用眼睛"说话"：

对不喜欢的人来拜访，他会坐上半天不说一句话。

对于厌恶的人来看他，他就翻出白眼珠看着客人。

对他喜欢的人，就用青眼珠看人家。

这便是"垂青""青睐"的由来。

纷乱与残酷的现实生活，迫使人们做出两难的选择，要么沉默，要么抵抗。

阮籍选择了前者，嵇康却选择了后者。

嵇康入狱，阮籍向司马昭求情，司马昭不允。嵇康最终被司马氏以莫须有的罪名杀害，年仅四十岁。"竹林七贤"从此解体。

醉酒甚至醉到吐血，或许是最好的摆脱困境的选择。但骨子里的苦闷所展现的清醒与颓废，才是最深刻的人生。

孤独的灵魂何处安放？

阮籍有一个爱好：长啸。这是他释放苦闷的一个方式。

啸声惊天动地，连草木也为之战栗。

啸声传入他被誉为正始文学代表作的组诗《咏怀》里，

传入鞭笞虚伪礼法的至文《大人先生传》里。

啸声穿越千年，至今仍在回响。

焦尾琴的余响

东汉学者蔡邕享有"旷世逸才"之誉，又以大孝子遐迩闻名。

母亲去世前卧病三年，他一直守护在母亲身边，从不脱衣解带。母亲仙逝，他就在母亲的墓旁搭建一间草庐住下，以行孝道。

神奇的事情出现了。一只小兔子乖乖地出现在草庐旁，房屋旁长出两棵枝干相连的树木。

远近的人听说后都来观看。

蔡邕善于鼓琴，并能自作琴曲。有人烧桐木做饭，蔡邕闻听烈火之声，判断出这是一块好木材，请求主人截木制作为琴。

琴制成后，音色优美超群。琴尾仍留下焦色，被人称作"焦尾琴"。

蔡邕常常鼓琴自赏，也弹给友人，却拒为皇上演奏。

汉桓帝年间，五侯专权，闻听蔡邕擅长弹琴，便奏明桓帝诏令陈留太守，催促蔡邕进京。蔡邕不得已，行至偃师，佯称染病告归故里。潜心于古代典籍和书法，不和官场交往。

汉灵帝看重蔡邕，让其入仕，升为郎中，又升任议郎。

熹平四年，命蔡邕等人正定六经文字。蔡邕亲笔用八分隶书书丹，令工匠镌刻上石，立碑四十六块于鸿都太学门外，成为经书的标准版本，又为标准隶书的版本，史称《熹平石经》。

洛阳全城轰动，晚生后学纷沓而至，观看和摹写的人络绎不绝。

身为谏官，蔡邕多次向灵帝上书，劾及当时的权臣。

终因党锢之祸，被投入监狱，流放边地，后遇特赦得免。

怨家陷害，自忖回朝祸灾难免，便远走吴越，遁迹江湖十二年。

汉灵帝死后，董卓专权，董卓敬重蔡邕才学，拜为中郎将。

董卓逆行，蔡邕多方劝诫，董卓偶有采纳。

董卓被王允所杀，尸体悬城示众。

蔡邕想起知遇之恩，不禁落泪。

士为知己者哭！

司徒王允闻之大怒，将蔡邕投入狱中治罪。

蔡邕自知有罪，乞求免死，可以刺面砍脚，以便在狱中修成汉史。

太尉马日磾骑快马直奔司徒府求情：应该让伯喈续成后汉史，成为一代典籍。

王允没有汉武帝的度量，他让蔡邕在狱中自尽。

蔡邕的焦尾琴保存在皇家内库之中，之后又代代相传。

士人们听到：做人当以忠孝仁义为本，又不能泯灭血性。

爱文者听到：《述行赋》的沉痛，《青衣赋》的深情。

爱书者听到：书者，散也。欲书先散怀抱……

大唐明月

江月

在皎洁的月光里梦回大唐。

是谁，写下千古第一月？

答案只有一个：张若虚，《春江花月夜》。

张若虚做过兖州兵曹，也许官小，《唐书》对他颇为吝啬，只在贺知章的传记中一笔带过。

受冷落千年之久。所幸，《春江花月夜》收入清人编辑的《全唐诗》。

王闿运一语惊人：《春江花月夜》孤篇横绝，竟为大家。

闻一多不吝赞美，说此诗是宫体诗的自赎，诗中的诗，顶峰中的顶峰。

清丽、澄澈。通篇写月，从月出到月落。曲终，明月仍在。

诗人发出千古之问："江畔何人初见月？江月何年初照人？"

答案却很无奈："人生代代无穷已，江月年年只相似。"

那是一轮邈远神秘的宇宙之月。

有多少出江谋生的扁舟子？又有多少盼夫归来的思妇？他们都在明月中看到彼此。

那是一轮相思无尽金黄色的暖心之月。

海月

张九龄生于官宦世家，西汉留侯张良之后。少有才名。三度入京，官至丞相。开元末年，玄宗倦于理政，沉迷享乐，小人得志。张九龄直言反对李林甫、牛仙客为相；谏言安禄山貌有反骨，不杀必为后患。

玄宗一笑了之。干儿子岂有造反之理？

多次违背玄宗意愿，终被罢去丞相，贬为荆州长史，直至终老。

张九龄病逝不久，安禄山发动叛乱。玄宗仓皇入蜀，追思九龄卓见，痛悔不已。遣使祭奠故人，追赠司徒。

名相本色是诗人，有着大海一样的胸襟。

望月怀远，一句唱绝千古：

"海上生明月，天涯共此时。"

无法把一轮蓝色的明月捧给你，只望在梦中相见。

边月

唐玄宗改府兵制为募兵制，始有文人从军热，以求取功名。

一时，边塞诗蔚然大观。

多沿乐府旧题，高适、岑参擅长长调，王昌龄以短取胜。

在军营，他常常望着月亮发呆，思绪穿越秦汉。

"撩乱边愁听不尽，高高秋月照长城。"

"秦时明月汉时关，万里长征人未还。"

一轮灰色的边月，照亮了诗人，最终被唐史馆收留。

揽月

李白自信有丞相之才，却无丞相之缘。一首《蜀道难》赢得"谪仙"之誉，又在美酒和漫游中成就"诗仙"。

这位谢安的超级粉丝，内心始终燃烧着报国的烈焰。

为平叛乱贼，"诗仙"脱下狂放的外衣，应召加入永王李璘幕僚。

不料历史给李白开起玩笑，志士差点儿掉了脑袋。

李白受到牵连，被认定谋反。多亏友人相助，最终流放夜郎。

动乱平定之年，李白死于贫困。有人说他"捉月而亡"。

一个浪漫主义的传说，终结一生。

常年漂泊，诗人在明月中思念故乡。

孤独时，花间酌酒，与月同饮。

举杯问月，人攀明月不可得，月行却与人相随。

"俱怀逸兴壮思飞，欲上青天揽明月。"

诗人终于实现了夙愿。

看啊，他骑着仙鹤，正在向一轮银月飞升。

山月

早慧诗人王维，诗书音画，无一不能。

十五岁离家，独闯长安。与诸王交好，岐王尤甚。一首绝句"红豆生南国"，深得公主欢心。二十岁独步文坛。王公贵族，争做粉丝。

踏入仕途，时遭坎坷。某日神游佛门，从此笃信禅佛。名列"仙宗十友"，遂有"诗佛"之誉。

宦海顿悟，选择到终南山隐逸。亦仕亦隐，回归一介布衣。

三十岁丧妻，终身不娶。以幽林山月为伴。

王维诗中有画，画中有月，明月多为绿色。

"明月松间照，清泉石上流。"

"月出惊山鸟，时鸣春涧中。"

他常在竹里馆弹琴长啸。内心澄净，物化如月。

忧月

自号杜陵布衣，实则西晋名将之后。杜甫幼年早慧，七岁能诗，二十四岁写出"会当凌绝顶"，是抱负，终成预言。

安史反叛，长安陷落。肃宗在灵武即位，杜甫只身从鄜州奔向灵武，不料途中被叛军所俘。被禁长安，透窗望月。

妻子也在望月。"今夜鄜州月，闺中只独看。"

明月满脸忧伤。"何时倚虚幌，双照泪痕干。"

杜甫辞官前往秦州，想念胞弟，向明月探询："露从今夜白，月是故乡明。"

定居成都浣花草堂，成为好友严武幕僚，世称"杜工部"。严武去世，蜀中大乱。杜甫再度流浪。

在东去的船上回顾一生。明月之下，他扪心自问，建功立业未能实现，难道徒以诗歌得名？

船过巫峡，明月倍感亲切。"若无青嶂月，愁杀白头人。"

杜甫在明月中看到故乡。"故园当北斗，直指照西秦。"

走出三峡，仍在水路漂泊。生命止于湘江支流的一条船上。

陪伴他的，除了家人，只有那弯哭晕的白色残月。

梦月

少年李贺，整天骑驴到野外寻诗，灵光一闪时便记下诗句，随手扔进锦囊。

灯下，再完成诗稿。

母亲看在眼里，痛在心上：儿子，莫要为心所累呀。

运交华盖，即便是"唐诸王孙"，又有何用？

忌恨之徒，借故李贺父名之讳，断绝了他的仕途。

一心投笔从戎，可命运没有给他机会。

他用诗歌与命运抗争："我有迷魂招不得，雄鸡一声天下白。"

可惜那只雄鸡，始终没有歌唱。

他梦见自己飞进黑白相间的月宫，以冷眼反观现世，感叹人生短暂："黄尘清水三山下，变更千年如走马。"

母亲的话一语成谶。

一颗流星，在诗歌的天空飞逝而过，留下长长的光环。

冷月

从官场归隐，李商隐病逝荥阳。

家人在他枕边，发现一张纸片，泪痕斑斑，上面写着一首诗，无题，后人冠以"锦瑟"。

"沧海月明珠有泪，蓝田日暖玉生烟。"

一轮冷月，落于沧海。

明珠浴于泪波，留下千古谜团。

无意陷入尴尬的党争，只能在屈辱中挣扎。只有初心依旧。

时光进入深秋，诗人站在楼上赏月。

大雁南飞，蝉鸣消失。月中女神不畏寒冷，依然翩翩起舞。

一个残酷的真相：灰暗的月光遍洒九州，大唐的冬季将到。

圣山问道

隐山

早上醒来，老君山隐藏在云雾之中。

瞬息万变。墨黑的云团幻化成一头青牛，慢慢地向远方走去。转瞬间又幻化成一条神秘的长龙，不知所终。

仿佛在诠释什么。让人浮想联翩。

景室山是老子李耳厌倦西周王室的没落，辞去"守藏室史"，西行出关后讲道修行的隐居地。一座名副其实的隐山。

这里隐藏着太多太多的秘密，让一代又一代的寻道者前来探寻。

得道者唐太宗李世民为敬奉圣人，将景室山改称老君山。

隐山从此变为显山、圣山。

崇玄

迈过金水桥，踏入众妙门、得一门，经上善池、钟楼、鼓楼，进入崇玄馆。

钟楼里高悬和谐钟，鼓楼里摆放着平安鼓。敲钟击鼓，演奏出激荡人心的盛世之音。

石刻浮雕，再现了李耳归隐景室山的事迹。

洞悉玄妙、得一，便可进入老子哲学的堂奥。

过崇玄馆，沿台阶进入三重太极和合广场。广场上矗立着世界上最高的老子铜像。圣人头戴如意宝冠，身着金黄色八卦道袍，左手食指朝天，右手掌握经卷，面部慈祥，站在蓝天白云之间，仿佛在传经布道，祈福众生平安。

老子铜像下面凸显"大道行天下"五个金色大字，熠熠生辉。三层圆坛象征天道、地道和人道。

在台阶下仰望老子像，正好与老子目光相遇。

犹如醍醐灌顶，圣人在向我默授智慧。

圣迹

相传老子骑青牛穿行大峡谷，登景室山沿途传道，后人称之追梦谷。

追梦谷见证了老子的行踪，留下千古印记。

独尊石被尊为老君山第一石。它曾为老子和青牛挡风遮雨。

另一块巨石卡在白龙瀑之上，任凭冲刷，岿然不动。人称天外来客。颇似一位从容论道的哲人。他，可是老子的化身？

一处从天而降的瀑布，被命名为道源瀑、老君瀑。它永无倦意地向人们诠释"上善若水"。

登老君山峰顶，必经堪比仙境的花岗岩峰林，人称十里画屏。

"天门开阖"是一处地质奇观，两片花岗岩巨石高耸，中间的缝隙只能容一人通过。当年老子上山，也只能从此地通过。

在"老子传道石"前张望良久。山峰上有两块突起的石块，前者如一老人，手捧竹简讲经，后边的颇似一头青牛。

凝神谛听。老子的声音超越时空，直抵心扉。

"老子观道峰"是十里画屏的绝唱。石像形神兼备，酷似老子的面孔、鼻梁和嘴巴；顶端的树木，活像老子发髻；而石峰低处倒长的植物，则像他随风飘扬的满腮银须。

终于见到你了。感激万分。

难道，你一直在此等候？

匆匆一见，匆匆一别，

思念，将会伴随终生。

亮宝台

远远望去，就能看到山顶的空中宫殿。

五座宫殿金碧辉煌，象征着芸芸众生心中系念的"福、禄、寿、喜、财"。老君庙象征福，玉皇顶象征禄，道德府象征寿，五母金殿象征喜，亮宝台象征财。人世间所有的美好期许，全都在五座宫殿里。

每座道观都挤满了游客，都有香客跪拜、祈福。

数不清的红布条和祈愿牌，拴在树枝上、铁栅栏上，成为耀眼的风景。

令人惊讶的是，在攀登亮宝台小道的扶手上，挂着一连串醒目的爱情锁。情人们并未在此祈求富贵，而是渴望爱情天长地久。

古老的传统与当代的浪漫，完美地合二为一。

问道

来老君山问道。老君山沉默不语。

突然一阵风吹过，树叶哗哗作响，像在翻动经卷。

抬头望天，白云悠悠。道在云中？

低头看溪，溪水欢歌。道在水中？

几只鸟儿叽叽喳喳叫个不停。莫非，这是一班传道士？

仔细一听，它们争相发言，总是一个腔调：

道法自然！道法自然！

落叶化诗

深秋是老君山最美的季节。春天以花取胜，秋天则以叶争春。红叶最耀眼，黄叶同样迷人，还有永不变色的青与绿。

俯身捡拾几片狂风吹落的树叶，夹到笔记本里，过了一夜，惊喜地发现，上面全是诗句。

红叶上写着复归婴儿，黄叶上写着和光同尘，黑叶上写着知白守黑，残叶上写着功成不居，绿叶上写着天长地久，青叶上写着虚怀若谷，紫叶上写着紫气东来。

站在浓荫下张望这棵树，
总觉得它也在深情地张望着你。

NONG

YIN

ZE

SHI

浓荫泽世

浓荫泽世

那是焦裕禄在兰考唯一存世的照片：肩披上衣，双手叉腰，微笑看着他热爱的这块土地。身后是他亲手栽种的一株泡桐，树干像他一样清癯。

栽树的人走了，树活着。如今已成为一棵参天大树。人们亲切地称它焦桐。

据说，这是全县最高大的桐树、年龄最长的桐树。附近一家住户两代人默默守护它，悉心照料它。他们视栽树的人为恩人、亲人。他们守护树，也是在守护栽树的人。

一棵在风沙中成长的树。一棵、两棵，千棵、万棵。全县出现了片片桐林。最终，风沙低头了，盐碱地变为绿洲。

焦裕禄，一个与老百姓血肉相连的名字。干部的榜样，所有仰慕者的人生楷模。

焦桐，一棵打上个人印记的树，一棵浓荫泽世的树。

站在浓荫下张望这棵树，总觉得它也在深情地张望着你。

伟人塑像

郑州商都遗址公园，有一尊毛泽东塑像。

塑像很高，近看需要仰望。毛泽东衣着军大衣，招着手，目视远方。

塑像的基座上每天都有鲜花摆放。每年的9月9日、12月26日，总有市民自发前来献花，寄托哀思。

常常在遗址公园漫步，从毛泽东塑像边经过，目睹载歌载舞的人群，引发奇想：如果必须在已有3600年的遗址公园放一尊塑像，应该是……

历史，选择了毛泽东。

他凝视着这座城市，也凝视着中国的过去、现在和未来。

1948年，新华社发出由毛泽东亲手拟定的电稿，第一时间向全中国传递出郑州解放的消息。在万众欢腾之中，一首《郑州解放之歌》迅速在小城流传："十月二十二，伟大的一天，哗啦啦砸开铁锁链，咱们的郑州解放了……"青年学子天天唱着这首歌走上街头。

毛泽东 20 多次视察河南，许多次来到郑州，两次在郑州主持重要的中央会议。

1950 年，毛泽东在郑州火车站的站台上说，一定要把郑州站建成远东最大的火车站。

1952 年 10 月，毛泽东来到郑州黄河南岸，登上荒芜的邙山小顶山视察，坐观大河东流，"要把黄河的事情办好"，从此成为灯塔。2001 年，黄河小浪底水利工程建成，黄河下游的防洪标准提高到千年一遇。

60 多年过去了，昔日桀骜不驯的黄河，岁岁安澜。这里的黄河水成为郑州市民多年的生命线。毛泽东当年视察邙山的巨大坐姿铜像，成为郑州黄河风景名胜区一个标志性景观。

商都遗址公园向东，有一个名叫燕庄的村落。1960 年，毛泽东来到燕庄视察。而今，广场上，有一座毛泽东当年视察燕庄麦田的纪念亭。

飞速发展的郑州掩埋了许多故事，却保留了这一珍贵的历史瞬间。

郑州，70 年前由一个县城，摇身一变为省会、纺织城、二七名城、绿城、全国交通枢纽、八大古都、国家级航空港经济实验区、全国一线城市……

这一切，毛泽东全看在眼里。

从毛泽东塑像边经过，目睹市民自发前来献花。

让亿万劳动者翻身解放，成为国家主人，3600 年间，有谁，可曾做到？

在狂风暴雨中目睹毛泽东塑像，他，更像一面民族的旗帜。

玄鸟归来

百年独伊

一

一个爆炸性新闻在媒体传播:"七一勋章"获得者、瞿秋白烈士之女瞿独伊因病远去,走完百年历程。

一家媒体用了罕见的标题:痛悼!一代巨星逝世。

这是媒体,首次将"巨星"的桂冠,戴在一位新闻工作者的头上。

也迫使人们重新思考巨星的含义。

二

巨星的桂冠,于你,当之无愧!

你的一生充满传奇。早在六岁时,你的革命生涯已经开启。那时，你是中共六大期间的一颗童星。

1928年，国内白色恐怖弥漫，中共六大不得不改在莫斯科召开。父亲装扮成商人先行，你随会议代表、母亲杨之华追随。秘密过境时，经妈妈引导，你称其他参会的叔叔为"爸爸"，成功掩护了重量级的参会代表。

六大会议间隙，你为父辈们唱歌跳舞，献上难得的欢乐。

1993年后，当年的"童星"，成为莫斯科郊外中共六大会场唯一健在的见证人。

三

父母奉命回国工作，为了躲避国内白色恐怖，不得已将你托付给苏联友人，留在莫斯科国际儿童院。此次分别，竟成了与慈父的诀别。

1935年，是你一生中最黑暗的一年。6月18日，是你终生铭记的日子。

你与同学们一起，在苏联的一个城市聚会。你发现同学们在传阅《真理报》，用异样的眼光看你。少女的敏感让你一把抢来报纸，当看到父亲的照片和被反动派杀害的消息时，顿感天昏地暗。经过抢救，你才慢慢苏醒过来。那年，你只有十四岁。

后来得知，父亲是高唱着自己翻译的《国际歌》走向刑场的，高呼着"中国共产党万岁"的口号，在长汀西门外的一片草坪从容就义，时年三十六岁。也得知，父亲在王明错误路线横行时受到排挤，后成鲁迅先生挚友，共同从事左翼文学活动。

得知父亲为革命烈士，"好爸爸"成为你终生的偶像。

四

1941 年，德军入侵苏联。你和同伴站在房顶，看到炸弹落下便飞奔过去，用铁夹夹起扔到楼下。

你的事迹在俄罗斯传颂。多年后，在纪念反法西斯战争胜利 70 周年庄严仪式上，俄罗斯总统授予你友谊勋章。

因苏德战争爆发，你与母亲受命从苏联回国，途经新疆时，被当地军阀逮捕。四年监狱生活受尽磨难，但你展现了一个革命者的风骨。

1946 年，你和母亲在中共党组织关怀下走出牢狱，被护送到延安。这一年，你被分配到新华通讯社工作，开启了长达四十五年的新闻工作者生涯。

五

1949 年 10 月 1 日，你见证了父辈用鲜血预见的"光明"。

作为临时受到委任的俄语播音员，你用俄语向全世界播报了毛主席庄严宣告新中国成立的消息。

1950 年，你与丈夫受命筹建新华社莫斯科分社。你们知道国家经济困难，主动提出降薪，并把所得稿费作为党费上交。

中国党政代表团访苏，翻译工作常常由你担任。苏联《真理报》刊出你站在周恩来总理身旁做现场翻译的新闻照片，成为你一生骄傲的珍藏。

六

十年内乱期间，你父亲被定为"叛徒"；母亲被关押，受迫害致死；你也长期失去自由。

粉碎"四人帮"后，你耗费多年心血，为父亲和母亲的平反寻找证据。最终有了圆满的结果。

令你自豪的是，你还参加了父亲《瞿秋白文集》的编辑出版。

七

党的百年华诞，你被中共中央授予"七一勋章"，获得全国新闻工作者中唯一的殊荣。

一代人负有一代人的使命，但，有些精神将永恒不灭，激励后人。

历史将铭记那些打碎精神锁链的铮铮铁骨，那些与日月同辉的人间正气。

赓续红色血脉的巨星离去了，百年芳华，独伊无二。

我们记住了你"好爸爸"的话：

"信是明年春再来，应有香如故。"

玄鸟归来

用生命写成诗

　　1930 年 6 月 7 日，一声刺耳的枪响之后，年仅二十五岁、时任中共益阳县白鹿区委书记的革命者江诗咏，倒在血泊里。

　　江诗咏儿时由母亲背着外出乞讨，幼年时帮人家看牛，九岁才由族人资助入校读书。因热爱诗歌，老师为他取名"诗咏"。

　　江诗咏二十一岁加入中国共产党，从此，成为一名有坚定信仰的人。

　　他的骨子里有诗，但他无暇写诗。

　　江诗咏在侦察敌情时不幸被捕。在狱中，他受尽鞭打、踩绷、火炙等酷刑，始终宁死不屈。敌人想用严刑逼他写忏悔书，他却利用敌人送来的纸笔，暗暗给亲人写下遗书。

　　江诗咏在忏悔书上写下："白天捉老子，晚上怕老子，杀了老子还有老子。"

　　家属在烈士的腰带上发现两封血泪遗书，一封写给父母，一封写给他的两个哥哥。遗书说，他是为了无产阶级谋解放而死，心中无悔；他预见到革命一定会成功，反动派终将被消灭。

　　江诗咏，这位爱诗的青年，仅留下一首打油诗传世。最终，他用生命，写成壮丽诗篇。

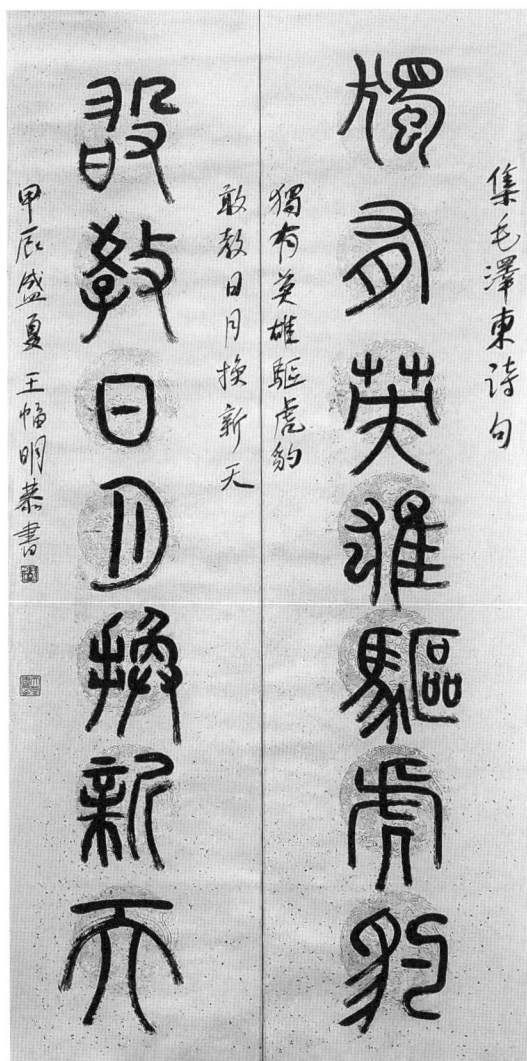

篆书集毛泽东诗句

玄鸟归来

那山，那人

未进公园，想象这里有一座很大的山，走进一看，不禁哑然失笑。一座只有三米高的土丘。这就是大名鼎鼎的天中山？

看过碑文，信服了。因为，2000多年前，它已经叫天中山了。西周初年，周公派人到各地用土圭测影，豫州为九州之中，汝南尤在豫州之中。

刻在石碑上的"天中山"三个大字，出自唐代忠烈颜真卿之手。这是大书家被困蔡州就义前写下的绝笔。已经75岁高龄的老人，他本可以选择生，为了捍卫大唐，他毅然选择了死。细观一笔一画，犹如铮铮铁骨！

仅观此三字已不虚此行。

天中山无疑是天下最小的山。但它又是有着深刻内涵的山，令人难忘的山。

许多天过去了。

那座最小的山在脑海里挥之不去，像影子一样尾随着我。

那个在临死前用生命写下三个大字的人，已成为游客人生的坐标。

秋风吹过千年

如波涛奔腾的秋风汹涌而至。

秋风吹过千年，吹过滁州醉翁亭的林壑。游人如痴如醉。

那个在政治上不得志，屡遭贬谪，陶醉在山水之间的太守，依旧在人群之间。君子以同道为朋。醉翁的朋党往来而不绝。

秋风吹过千年，吹过滑州欧阳书院。学子们齐声诵读《秋声赋》。

秋风，依然凛冽，只是，其意并不萧条，其声亦不凄切。挺立在秋风中的欧阳修雕像，犹如迎风招展的旗帜暖人心怀。

秋风吹过千年，吹过颍州的六一堂。这里是六一居士晚年的归隐地。

也许秋风肃杀之气太过，只留给先生一年的幸福光阴。当年的1万卷藏书今日何在？还有那1000卷金石遗文、一把古琴、一盘棋、一壶好酒？先生在此编定的《六一诗话》及《居士集》50卷，是他馈赠后世的无价礼品。

名传海内的颍州西湖早已不存。湖上仅存三贤雅集的会老堂，带给游客无尽的遐思。

秋风吹过千年，吹过新郑的欧坟烟雨。这是欧阳公及其子孙的安息地。

一个因道德诗文为后人缅怀的大师，在千年之后的秋风中，欣然接受虔敬者的朝拜。

欧阳修塑像

欧阳修的目光

一个并非滑县出生，也不在滑县安息的古人，却受到历代滑县人民的尊敬。

巨大的广场。一尊修长的雕像，手持书卷，身着宋代官服，风流儒雅，眺望远方。穿越千年时空，他的目光直视今天。

那个自号醉翁、晚年改称六一居士、因为刚直不阿从二品官贬谪为知县的政治家，倡导革新的文坛领袖，终生用品德和诗文照亮后世的男儿。

1042 年，任滑州通判，从此在这块土地上扎下了根。

他生活过的画舫斋，成为学子和官员们的必访之地。

广场的背后是重新修复的欧阳书院。

清澈的源泉继续流淌。

六一居士的目光里露出欣慰。

沈园的梅花

沈园的梅花开了。

千里迢迢来到沈园，只为看看沈园的梅花。当然，还有那座断桥，桥两边的垂柳，映照过美人的池水，上写《钗头凤》词的残壁。

沈氏花园，陆游多次来过，每一次都是肝肠寸断，写下泣血之作。

800年前，绍兴遭遇了多少次战火？多少园林变成废墟？然而，沈园却奇迹般存留。沈园几度易人，最终，还是由沈家后人购回，并捐赠国家。陆游因一阕《钗头凤》令沈园不朽。沈家因捐赠爱园为历史铭记。

800年后，我们步陆游的后尘而来。

陆游寻觅死去的唐琬。我们寻觅活着的陆游。

何方可化身千亿，一树梅花一放翁。

沈园的树树梅花，都有陆游的身影。

遇见李贽

在黄柏山，遇见李贽。他化为一尊铜像，站立在书院广场，疑惑地看着慕名而来的游人。

书院是新建的，毗邻而建的是久成废墟的法眼寺。这座曾被誉为"楚豫禅宗"的名刹，如今只有两尊石狮和两棵千年银杏树，可以见证400多年前李卓吾老人来此避难的身影。它们见证了历史的沧桑，又见证了法眼寺的复生。

造访黄柏山，它的博大震撼了我。一座连接鄂豫皖三省的大山。它是淮河的发源地、长江淮河的分水岭。它有秀美的天池和雄伟的瀑布，有四季不凋的原始森林。

有一个小小的遗憾：因为施工，未能到著名的大峡谷饱览险景。但是，在此遇见李贽，是意外的惊喜。

在林间穿行，空气格外清新。那些当年目睹过古稀老人李贽的古树，曾以自身之氧滋养老人，给老人以大自然的温馨。如今，我们也有幸尽情享用。

黄柏山，一座敢于藏匿叛逆者的大山，显示出它博大而高贵的气息。那个在 64 岁写出《焚书》，又在 72 岁写出《藏书》的叛逆老人，竟然大胆揭露道学的虚伪。危难之时，黄柏山收留和保护了他。

有了李贽书院，以天然氧吧盛名的黄柏山，又多了一个思想氧吧。

李贽书院

红军洞

一支又一支旅行队伍，来到大别山脉的金刚台，沿着崎岖的石径攀登而上，探寻由于火山运动而形成的一群天然洞穴。

不为探寻洞穴的地质地貌，也不为探寻传说中的神灵。

只因这些洞穴居住过人，一群为改变民族命运甘愿吃苦和牺牲的人。

金刚台的丛林野径，留下了英雄们的足迹；山崖间的野果野菜，充填过英雄们的饥肠；陡峰绝壁上的每一块岩石，见证了英雄们的壮举。

凝视红军洞，思索并咀嚼幸福的含义。

洞穴前飘扬的旗帜，成为金刚台一道难忘的景观。

大写的人

——三星堆怀古

透过数千年岁月的风尘，你的面目渐渐清晰。

你站立在高台之上，雄视远方。身体挺拔成一棵狂飙难撼的苍松。肃穆威严的目光里有太多太多的自信。它仿佛在告诉世界：我是神，是首领，是群巫之长。

祈祷吧，膜拜吧，听从我，服从我，做我的臣民，我会带给你们幸福和安康！

是青铜，塑造了你无坚不摧的个性？还是你用智慧毅力，创造出辉煌的青铜时代？

你缄默不语。一切都留给后人去猜想。

你双手上下环抱的姿势，颇耐寻味。是在演绎天地贯通、人神合一的魔法？

久久地站在青铜之神的面前，突然猛醒：不，你不是神，是人！

一个大写的人，顶天立地的男子汉。

你是古蜀国的父亲、丈夫，至高无上的领袖，后人永远怀念、崇敬的祖先！

奇异的树

一把登天的梯子。

有了这把梯子，李白不会再感叹：蜀道之难，难于上青天。蚕丛及鱼凫，开国何茫然。尔来四万八千岁，不与秦塞通人烟……

古蜀国祖先用青铜浇铸出美丽的梦想。梦想有了天梯，离现实就只有一步之遥。

这是一棵奇异的神树。没有超人的鬼斧神工，怎能铸成绝世的神奇？

有了这把天梯，天堑变为通途，天地神人连为一体，古蜀与华夏最终融为一家。

愿作神树枝头一只灵性小鸟，让梦想展开瑰丽的双翅。

将军雕像

一个巨大的广场。广场背后是共和国主席题写的"杨靖宇将军纪念馆"。广场的中央是抗日英雄手拿望远镜雄视远方的雕像。

雕像落成时，曾以国家的名义举行过一个隆重仪式，缅怀先烈。

你是确山人民的伟大儿子，确山因你而骄傲。但你属于全河南、全中国。在你英勇就义的长白山地区，有一个无人不晓的靖宇县。

一队又一队的游人，肃穆地站在杨将军的雕像前，行注目礼。

我听到一个排山倒海似的声音在耳边响起：

敬礼！追随你的后生，前来报到！

淮阳的龙湖

脑子里有许多个龙湖。独爱淮阳的龙湖。

龙，虽已绝迹，但龙的图腾仍在，龙的传人仍在，以龙命名的山川湖海仍在，龙的文化传承仍在。

龙是中华民族的始祖。淮阳城埋葬着一位早生于炎黄二帝的始祖。

太昊伏羲氏于6500年前，由甘肃天水一带沿黄河辗转于斯，定都于斯，长眠于斯。

数千年来，这里香火不断，络绎不绝的人群前来朝拜和祭奠，向祖先祈运。

淮阳环城皆湖，湖中有城，城中有湖。龙都之湖，不言龙湖，岂可他称？

南有杭州，北有陈州，已成历史；南有西湖，北有龙湖，却是现实。淮阳龙湖的气势和规模，应令杭州西湖失色。

淮阳龙湖被命名为国家湿地公园。先贤的遗迹逐渐复原。画卦台、白龟池、弦歌台、苏辙读书台、陈楚故城，都已成为游客心中的胜景。

晚秋来游龙湖，似乎错过了季节。荷花节已过，万顷湖面只剩下古朴的芦苇、蒲草和残荷枯叶。湖上泛舟，却有意外的收获。

看着岸边和湖中的情侣，想起《诗经·陈风》里的缠绵情诗："彼泽之陂，有蒲与荷。有美一人，伤如之何。寤寐无为，涕泗滂沱……"思古之幽情油然而生。

龙湖风光

砚都（三章）

砚之骄子

一方砚台，可否作为城市的标志？

回答是肯定的。肇庆是国家命名的中国砚都。几米高的端砚造型，可视为砚都的地标。

肇庆古称端州，为端砚的发源地。唐宋时期，端砚列四大名砚之首，至今千年不移。

端砚来自端石，颜色为紫色偏蓝，又名紫石、紫云、紫玉。李贺曾作《青花紫石砚歌》。"端州石工巧如神，踏天磨刀割紫云"，成为千古绝唱。

古人将笔墨纸砚的文房四宝视为雅礼。能以端砚相赠，更视为大礼。

阅江楼是观赏西江的胜地，改建为肇庆市博物馆。馆内设立"端砚春秋"陈列室，展示端砚千余年的发展轨迹和历史积淀。端砚始于唐，盛于宋元，精于明清，兴于当代。

九龙戏宝砚、黄河竞波砚、大漠风砚、花开富贵砚、月是故乡明砚、举杯邀月砚、观音送子砚……一件件文房瑰宝近在眼前，令人叹为观止。

白石村享有端砚文化第一村的美誉。

1300多年来，历代村民以砚为耕，户户制砚，名师辈出。

道路两边，三代工匠细心雕刻砚上图案。他们习惯了游客的观看，丝毫不受干扰，依然聚精会神。

在名砚陈列室，主人让访客留墨。我赠"砚之骄子"四字。写就，赢得了一阵掌声。

掌声固然可喜，还有大喜过望，白石村赠我一方沉甸甸的砚之骄子。

东坡藏砚

苏东坡少年时与小朋友游戏，偶得一块异石，试着当砚台用，却没有盛水的地方。父亲苏洵谓之天砚，用刻刀凿出砚池，将砚赐给儿子，说，这方天砚，应是文字的吉兆。

苏轼珍藏此砚，始终带在身边。元丰年间，因文字狱获罪，死里逃生被贬黄州，几次寻找天砚未果。几年后离开黄州，当船行至当涂，打开书箱，突然见到了久别的天砚，喜出望外，遂交儿子保存。

东坡尤喜端砚。绍圣元年，朝廷以"谤讪朝廷"罪名把苏轼贬谪惠州。途经肇庆，花甲之年的苏东坡扬帆西江，来到端溪砚坑紫云谷，目睹端砚艰辛的开采与制作，遂作《端砚铭》。他以画作换来精致高贵的端砚石料。一个月后，两方精雕细刻的端砚，送到惠州苏东坡府上。东坡得到宝砚，心灵顿觉快慰，拂袖高吟："此心安处是吾乡！"

东坡所藏端砚，一方"百一砚"，现藏中国国家博物馆；另一方"从星砚"，曾被乾隆皇帝所藏，现藏台北故宫博物院。

苏东坡以端砚为贵，世人以东坡藏砚为贵。

谁其似之，我怀斯人！

包拯掷砚

砚洲岛，西江羚羊峡下游的一个江心岛。鸟瞰全岛，酷似一方上好的端砚，浮在江中。

砚洲岛又称祈福岛、休闲岛、情人岛，四季飘香，风情万种。这本是大自然的馈赠，而包公楼、帝师陈焕章故居、彼岸寺、六祖殿、岭南宗祠、千年古巷、百年老屋等人文景观，又弥漫着浓浓的文化气息。

宋代名臣包拯在端州任知州三年，以"包青天"成名。肇庆市内的包公像、包公祠、包公井，是后人对他的永久纪念。

他整治砚赋，排沥屯田，兴学教化，惩办巧借进贡为名盘剥百姓的贪官，离任时"不持一砚归"，成为代代相传的佳话。

"掷砚成洲"的民间传说，更为砚洲岛平添了浪漫。

包拯离任时，船出羚羊峡，突然波浪翻腾，狂风骤起。包公感觉事有蹊跷，随即查问，原来是手下人收取了当地绅士送来的一方用黄布裹着的端砚。当时手下人见是石砚，并非金银珠宝，便私自做主收下。

包公取来端砚，怒抛江中。霎时，风平浪静，船又平稳航行。

在包公掷砚处，渐渐隆起一块陆洲，后人称它为砚洲岛。

人人都知道这只是一个传说。而我，宁可信其为真。

因为，历史，往往用口碑写就。

贺兰山照出我的前身

走着，走着，一束强光照亮了我。

贺兰山，蒙古语中的骏马。在我的眼中，它是有着体温的铁壁铜墙。

几乎看不到任何植被。一览无余的坦荡。骨骼似的不同颜色的岩石，像在炼狱里浸泡过。

大山阻挡沙漠东侵和寒流南袭，用强健的身躯庇护着这里的一切生灵。草原与荒漠有了分界。

残缺的古长城与烽火台，废弃的军营，书写着血与火的故事。

雄鹰在山顶飞过，紧盯着一切来犯者。雄鹰疲倦了，摔倒在山下，最终成为化石。

耀眼的格桑花，高声诵读写给英雄的颂词。

这座山，照出我的前身。今天，它又重新塑造我，为我的灵魂输氧。

一个忘年的老者，在迈向山巅的道路上，健步如飞。

一座大山暗恋着一条大河

亿万斯年的不倦张望。西边的一座山，与东方的一条河。

总是平行着，相互欣赏，相互张望。

大河仰望大山的自强不息。大山敬佩大河的厚德载物。

因而有了秦渠、汉渠，有了大面积的自流灌溉区，有了众多的湖泊、湿地，有了"鱼米之乡"和"塞上江南"的美誉。

不倦的张望终于感动了上苍。它让大山弯曲，与大河相会。

神迹出现：在它们相交之处，山石突出如嘴。大山再也不用暗恋了，它可以放纵亲吻这条温柔的大河。

跨越时空的山水大爱，成就了石嘴山这座美丽的城市。

散文诗小镇

一个废弃的厂房边，数十个可以行走的铁皮箱连成一线，颇似正待开启的列车。铁皮箱上都有"鲜花"开放。

惊艳了一群前来观光的散文诗小姐、散文诗先生。

不乏青春芳华的小鲜肉，也有脸上写满沧桑的老炮儿。他们在铁皮箱上辨认各自的作品。

那个写出《物事》，自称"灵魂高于一切"的散文诗小姐，笑得格外灿烂，"玫瑰的珠露映出的图像是你的图像，也是你，兽的图像"。

那个写出《有远方的人》的散文诗先生，有些高深莫测，"我行走人间，关闭了自己的翅膀"。

那个写出《美丽的混血儿》的散文诗先生，常常沉默，他歌颂不朽的大爱，"配称永恒爱情的，要算大海与海岸了"。

一阵风吹来。孤独的小镇，顿时有了灵魂。

不可思议。一个诗国，一个可以用不同样式画出心灵图像的泱泱诗国，竟然有歧视散文诗的道貌岸然者。

让他们到贺兰山下这个朴素的文旅小镇看看吧。

鲁迅先生播下的"野草"，已在广漠的土地上生根。

散文诗小镇

沙丘与湖泊的
旷世之恋

一

　　遥看塞北大漠沙丘与湖泊的旷世之恋，寂寞的嫦娥也难掩兴奋之情，舒展长袖，在月宫庭台上翩翩起舞。

　　毗邻的贺兰山与黄河，是他们的证婚人。

　　从这一天起，以渔业养殖为主、隶属于前进农场的渔湖，消失了。农垦战士在盐碱白浆地上修码头，建船坞，造游船；在千亩荒地种下万株植被；经过水质治理和生态修复，营造出水绕沙丘的人间奇观。

　　塞北大漠的雄浑与江南水乡的灵秀融为一体。阳刚与阴柔珠联璧合。

　　当湖泊与沙丘亲吻的一瞬，一个名叫"沙湖"的景区展现在世人眼前。

二

30 年过去了，沙湖魅力四射，惊艳八方。

美誉接踵而至："丝路驿站上的明珠""中国 35 个王牌景点""中国十大魅力湿地""中国观鸟首选之地"……

这里有烟波浩渺的湖水、金黄如画的沙漠、阴阳分明的山丘、婀娜多姿的芦荡。水下常年畅游着几十种鱼类，水上翱翔着百万只飞鸟。130 多种鸟类选择在沙湖栖息。

春有国际观鸟季，夏有沙水冲浪季，秋有渔歌唱晚季，冬有冰雪狂欢季。响彻四季的完美乐章，没有休止符。

任何时间来到沙湖，游人都能找到乐趣。无论哪个季节，这里都有络绎不绝的人群、中外游客的身影。

三

湖润金沙，沙抱翠湖。柔情似沙，缠绵无尽。

沙湖是男人的，也是女人的。是自然的，亦是人工的。是中国的，更是世界的。

国家首批 5A 级景区，榜上有名；"全球环保 500 佳"荣誉，联合国授予。

失爱的人们，到沙湖来吧，这里会找到你的所爱。拘谨的人们，到沙湖来吧，这里会令你心胸大开。

到游乐园走走，登瞭望塔远眺，在水族宫里观赏游鱼，乘小船穿过芦苇迷津，攀登水上滑梯，坐坐大漠旱舟，骑着骆驼在沙丘游览，脱掉鞋子踩踩细软的沙粒，都会令你惊喜；如果再尝试一下滑沙索道、水上跳伞，会令你心跳加快，终生难忘。

在沙湖，许多人第一次见到沙漠，第一次骑上骆驼，第一次沙丘滑沙，第一次高空跳伞……

在空中，俯瞰沙湖，会突然想起张岱，"偷"用他几个词，草拟一章《沙湖观水》：

湖上影子，唯鸟岛一点，飞艇两三痕，小舟几十芥，舟中人各数粒而已。

四

一眼望去，大美无疆。所有美都来此相遇、互融。

沙湖隐匿着深不可测的东方智慧。

细心地把"小我"藏起，让自己看起来更像个绅士，抑或淑女。

拒绝丛林，拥抱和谐。

有心人奉沙湖为教科书。他们知道沙湖在成名前历经磨难，曾在碱水里煮过九次，在盐水里腌过九次，又在清水里洗过十八次。

唤醒

一

长年与荒凉为伴的贺兰山麓，见证了一座煤城的兴盛。

石嘴山市因煤而生。新中国第一个五年计划出台，以石嘴山为中心的西北煤炭基地开工兴建。大武口敞开双臂，拥抱来自天南海北的英雄建设者。

于是，石嘴山一连创造了许多个第一：宁夏的第一吨煤、宁夏的第一度电、宁夏的第一吨钢……

于是，石嘴山被赋予"宁夏工业摇篮"的美誉。

足足令三代石嘴山人为之骄傲。

二

时过境迁。被污染的石嘴山，又因煤而衰。

生态环保上升为国家战略。曾几何时，英雄城市石嘴山完成了让人目不暇接的"变脸"："煤城"退隐，取而代之的是生机盎然的"旅游城"。

石嘴山山水相依，湖泊湿地星罗棋布。曾经的工业"摇篮"，正在演变为文化旅游的"摇篮"、科技创新的"摇篮"。

全市开通了三条旅游走廊：西线，贺兰山走廊。中线，绕湖走廊，沙湖、星海湖、奇石山，处处彰显"绿、富、美"。东线，大漠黄河走廊。

石嘴山荣获宁夏唯一的"国家森林城市"。

开发转型。凤凰涅槃！

三

大自然如同人类，也在不断轮回。旧的毁灭被新的诞生唤醒。

贺兰山被遗忘的地质年轮、生物化石、岩画、长城、古战场，被文史工作者的梦想唤醒。

曾经有过独特文字的西夏故地，被深情缅怀的子孙们唤醒。

大武口森林公园，演绎着植物世界生存的奇迹。归德沟地质公园，自然天成，是一处原生态的地质奇观。古称"铁血要塞"的韭菜沟景区，融军事文化、地质遗迹、自然风光为一体。重新扩建的北武当庙，"挂在半山上的宫殿"，钟声震耳，香火不绝……

四

　　一些颇具时代和地域特征的工业遗址，进入全域旅游的"路线图"，让游客在行走中触摸历史的脉搏。

　　早已进入"历史文物"的绿皮小火车，再次受到青睐，满载游客参观"全国少有、宁夏唯一"的石炭井完整矿区、大武口洗煤厂、矿区学校、卫生院、电影院……犹如慢镜头，由市区穿行至贺兰山深处，记录着沿途一朝一夕的风景，播放着矿区历史的记忆。

　　绿皮小火车让工业遗存"鲜活"起来。石炭井成为电影、电视剧剧组优先取景的拍摄地。

　　曾经的迷茫者，被柳暗花明的新思维唤醒。

　　渐行渐远的城市记忆，被新一代的创业者唤醒。

　　在陌生之地石嘴山，被一种久违的感动唤醒。

玄鸟
归来

河床消失了，源头仍在

大自然总是有奇迹呈现。

洪荒年代，王屋山巅氤氲弥漫，化成水，滴落到太乙天池，称为沇水。沇水穴地潜流，形成东西两股细流，到达平原涌出为泉。二源汇流，冲出一条河床。大禹治水之年，疏导沇水东流，易名为济水。济水三伏三现，流经河南、山东的大块土地，长达1800里，最终汇入黄河，注入渤海。

不知何年，济水成为一个传说。沿途留下的地名济源、济宁、济南……成为传说中的记忆。

黄河多次改道，最终，黄河与济水复合为一条河流。济水在黄河的泥土之下隐姓埋名。

奇特的是，河床消失了，源头仍在。

古代并称四渎的河流为济、淮、江、河，济水为首。何故？清澈无双，君子之河也。济源境内的济水，曾有千仓渠的美誉。四渎均建有水神庙，济渎庙被誉为天下第一。

唐玄宗封济水为"清源公"，济渎庙因之又名清源祠。

雁过留声，河过留名。英姿已逝，精魂长存。

济水至清。内心贪婪的人们来到济水源头，可会心生愧疚？

河犹如此，人何以堪！

济水源

玄鸟归来

走出王屋山的愚公

第二次造访的王屋山愚公村，比十多年前阔气多了，多了一些远古村民古朴的雕塑，还有一个写着"愚公故居"的大门。

广场上九旬愚公带领子孙们挖山的群雕，更显雄伟。

一个连姓名都未曾留下的山间老者的农舍，成为游客必看的风景。

意外的收获是围坐在一个伞状的亭子里听琴书。唱的是愚公移山的故事。

琴书犹如王屋山的山泉，溅起的水珠是游客的心跳。

2000多年前，一个隐居在郑国圃田的列姓士人来此采风，写出寓言《愚公移山》，引发了人们关于愚与智的绵长思考。

70多年前，一位农民出身的革命领袖在延安的窑洞里提起愚公。他说，他要继续愚公的事业。愚公一下子成了家喻户晓的名人。

当年，年迈的老翁未能搬走王屋山。但他的继承人，带领全国人民，搬走了比王屋山更高的三座大山。

愚公走出了王屋山。他像一颗火星，点燃了千千万万颗渴望改变的心灵。

悠然见南山

下榻济源，方知此地有一处原生态的森林公园，名曰南山。顿时心动。

渴望南山一游。这是久驻心中的一个梦想。

中国该有多少个南山？心中的南山只有一个。

热心的才女青青充当向导，帮我们大家圆梦。

一座平凡无奇的大山，少有名胜，却有一顶"中国森林氧吧"的桂冠。

许久没有走山路了。在柿树及许多叫不出名字的树间穿行。三个小时过去，竟然毫无倦意。

头戴星光回到山下，饥肠辘辘。直奔溪边的农家餐馆，品尝地道的南山美味。

南山披上暗装。月牙儿隐而不出。山泉为我们奏乐。野菊花似曾相识。

猛然间朝向南山，痴痴地看着，全都无语。

此地此刻，烦恼全消。大家不约而同地想到同一个词。

东沟村寻诗

大峪镇的女镇长是位诗人。她说，1000年前，唐代诗人岑参路经大峪镇的东沟村，留下三首诗作。从此，这里便与诗歌结缘。

如今，东沟村有一美誉：美丽乡村。来此观光的游客络绎不绝。

美在何处？一棵缠满吉祥语的千年古树？用磨盘铺就的溪中石径？岑参走过的青箩溪，流水千年不断？

是的，这里的自然风光，让人心旷神怡。但是，最令人难忘的，却是东沟人的智慧。他们创造新的生活，让时光止步，让人在行走中不由自主地停下，在熟悉与陌生中回味历史。

惊讶于一个村庄的民俗文化博物馆，主题为渔、樵、耕、读的墙体彩绘。

哦，久违了，那些曾经摔过的泥巴团、推过的铁环、游戏用过的木制火枪、玩过的玻璃球，还有秋千、跷跷板、木滚筒……让我们一遍遍重温童年。

那些保存完好，且标明50年代、60年代、70年代、80年代……的农舍，与当今村民住进的红色楼房形成鲜明对比。

　　还有那些曾经用过的手推车、自行车、缝纫机、大哥大……不同年代的老物件，灼痛游客的双眼。

　　东沟村，漫不经心地，带我们走进诗意绵绵的时光隧道。

东沟村一角

归去
来鸟

为未来
献身的人

北中原最大的英烈安息地。

曾是冀鲁豫军区四分区的烈士陵园。2012 年，所有的烈士墓重新修建，一些散葬于田间地头的零散烈士墓，被政府列入抢救保护工程，迁葬于此。往昔失散的战友，终于来到新家"团聚"。

这里，安睡着 1900 余位烈士。墓碑上镌刻着一个个金光闪闪的名字。

陵园最高的一块墓碑，是无名烈士纪念碑。生前，为了崇高的信念与民族的解放，他们与侵略者战斗，与民族败类战斗，流尽最后一滴血。烈士中，也有建设时期爱民抢险的勇士。

喧嚣世界的一方净土。迷途者自省的港湾。

一群群的青年学子、少先队员、军人、各行各业的代表，向烈士献花，举手宣誓。

为祖国未来献身的人，曾被冷落过。此刻，他们听到了宣誓声，深感欣慰。

湖畔奏鸣曲

笼子里的鸟儿一直与枝头上的鸟儿对话。

说些什么？只有养鸟人心领神会。

一只候鸟掠过水面，野鸭赶忙游过去搭讪：女士，可否谈谈哲学？

候鸟回答：不谈哲学，只谈宇宙。

是谁发射了团团礼花？

一夜之间，河两岸樱花阵神奇怒放。

年轻的母亲不停地为盛开的樱花拍照，以此留住青春；小姑娘却在细微的绿藤上悉心编织梦想。

一个少女，身靠树枝读屏，幸福地笑出声来，惊落了片片樱花。

狗比人更加任性。

一只小狗因不满女主人所选路线，竟然一转身挡住了漂亮女主人的去路，公开示威。对峙竟达数分钟之久。

最终，女主人选择妥协，改道。小狗胜利。

有人奔跑，有人疾走，有人慢行。

有人往草丛里扔纸屑，有人躬身一次又一次捡拾。

归去来

用鲜血播种

一

奔赴甘南合作的路上看到大片的红土，突然想到鲜血，又想到红军。

在合作市，以崇敬之心观看百米唐卡《红军长征过甘南》。

这幅长卷由 70 多位唐卡画家精心创作，描绘了俄界会议、腊子口战役、崔谷仓放粮、洮州会议等 10 余个红军经过甘南的重大事件，以及藏汉兄弟血肉相连的感人故事。

被誉为世界上最复杂、最严谨、最虔诚的画作，用最珍贵的颜料，表现红军万里长征的英雄史诗，回望苦难与辉煌。

神奇。震撼。走心。

二

历经两万五千里的转战跋涉，30 万红军到达陕北时，已不足 3 万。

伟大战略家毛泽东却豪迈地说：长征是宣言书，长征是宣传队，长征是播种机。长征是以我们胜利、敌人失败的结果而告结束。

可是，红军是在用鲜血播种啊，用血肉之躯，播撒信仰和信念的种子。

无数次的艰难险阻，无数次的绝地逢生，无数次的转危为安，无数次的柳暗花明，最终谱写出气壮山河的旷世交响。

三

合作市有一条腊子口路，直接通往迭部的腊子口战役遗址，通往俄界会议旧址、茨日那毛主席旧居。

千千万万的游客来此"怀旧"，珍惜今日生活之不易，畅想复兴大业的来日可期。

硝烟与战火早已散去，但"红色基因"存留下来。

四

在古老而又现代的市区漫游，总让人惊喜不断。

　　九层佛阁周围，鸽子们任性飞翔。世纪广场，人们争相与羚羊的雕塑合影。当周草原、美仁草原，绿草与经幡齐舞。来到勒秀镇洮河南畔旅游村，疑似来到了江南。品尝藏胞刚刚煮好的酥油茶，满嘴溢香，地地道道的甘南真味。

　　红军用鲜血播种信仰。信念之树长满了希望的叶，结出了幸福的果。

百米唐卡《红军长征过甘南》（局部）

南阳故事

"五羖大夫"之魂

南阳是一块圣土，哺育了多位圣人。

市区有多条以历史名人命名的街道，隐含着城市的人文基因。

百里奚路是最早命名的一条。

时空穿越到2000多年前，南阳名为宛邑。

秦穆公得益于宛邑的一位贤才，从此改写了秦国的历史。

百里奚出游列国求仕。受好友蹇叔举荐，做了虞国大夫。虞国被晋国所灭，百里奚拒绝在晋国做官，得罪了晋国国君。秦穆公求婚于晋。晋献公羞辱百里奚，将其作为陪嫁奴隶。百里奚不堪其辱，逃回楚地宛邑。

秦穆公求贤若渴，巧用五张黑羊皮，从市井赎回已经年迈的百里奚，拜为大夫，世称"五羖大夫"。

百里奚任秦相七年，辅佐秦穆公内施仁政，外图霸业，秦国由弱变强，进入春秋五霸。丞相无暇顾及家庭。杜氏千里寻夫，终在相堂相认，老夫妻哭成泪人，感动了一旁的文武大臣。

百里奚去世的消息传出，秦国举国悲痛。农民中断劳作，孩子们也停止嬉戏。

百里奚墓冢旁原有石麒麟，亦称麒麟岗。黄庭坚任叶县县尉时，专程到南阳麒麟岗凭吊，看到断垣残碑，感慨写下：何年一丘土，不见石麒麟……

"五羖大夫"的英灵，仍在呵护着故土。

庙堂与江湖

楚国宛人范蠡，出身贫贱，博学多才，与宛令文种相识，相交甚深。他们不满楚国非贵族不得入仕的政策，结伴投奔越国。

辅佐越王勾践，兴越国，灭吴国，一雪会稽之耻。

功成名就，为避免"狡兔死，走狗烹"的命运，急流勇退，浪迹天涯。游齐国，定居陶地，改名陶朱公。

三次经商成为巨富，又三散家财分给穷人。

生意人供奉陶朱公，尊为商界圣人。

庙堂之高，江湖之远，诠释了商圣传奇的一生。

大丈夫志在四方。虽然葬身异地，仍为家乡所念。

除了范蠡路，南阳还修建了范蠡纪念馆——蠡苑。

身披汉白玉外衣的商圣，若有所思地看着游人。

士伏处一方

南阳与诸葛亮有关的道路多达四条：卧龙路，孔明路，武侯路，躬耕路。

还有桥梁两座：白河卧龙大桥，梅溪河三顾桥。

诸葛亮在卧龙岗躬耕十年，伏处一方。直到刘备三顾茅庐，他出山辅佐明主，南征北战成就帝业，三分天下，被后人尊为智圣。

武侯祠建于卧龙岗。被战火损毁了许多次，又被后人重修了许多次。

如今，是南阳最热的打卡地。

麒麟岗与卧龙岗相距不远，之间的道路被命名为两相路。

一位秦相，一位蜀相，两人相距数百年，却因一条路结缘。

两相路由城西的梅溪河，一直延伸到城东的白河之滨。

一阵风吹过，传来武侯祠内的吟诵声：凤翱翔千仞兮，非梧不栖；士伏处一方兮，非主不依……

召父杜母

一方官吏，被民众尊为父亲，史上可有其人？

其人姓召名信臣，西汉时期的南阳郡太守，治水名臣。

他受到民众爱戴，离任时被尊为"召父"。

他主持兴建的水利工程，被命名为召父渠。

召父渠引白河水灌溉稻田，常见霞光雾气浮罩其上，被命名为霞雾溪。新野县沙堰镇，保留了霞雾溪当年的遗迹。

《汉书》两次将召信臣列为名臣，称他对南阳水利的贡献，可与秦朝的李冰相媲美。

信臣路，是对召父的遥想与追念。

东汉初年，百姓又遇上另一位爱民如子的太守——杜诗。

杜诗还是一位发明家，发明过水力鼓风机，主持修治陂池，广开田池，南阳郡成为富庶之地。

前有召父，后有杜母。

自此，"父母官"成为百姓对州官、县官的尊称，流传后世。

杜诗路两侧繁花似锦，高楼林立。

美丽的都市风景，像在告慰千年前的两位父母官。

帝都之标

南阳，素有"南都"和"帝都"之称。

光武路、光武大桥，堪称帝都之标。

这里，是东汉开国皇帝光武帝刘秀的发迹地，也是文武大将"二十八宿"的故乡。

刘秀登基后，定都洛阳，南阳则成为陪都。

光武帝在位 32 年，书写了历史上辉煌的"光武中兴"。

当时的南阳，是仅次于洛阳的大都市。张衡的《南都赋》，详述了南阳的人文与繁荣。

光武路用不断刷新的"颜值"，书写着南都的复兴。

坐堂大夫

张仲景从小痴迷医术，拜南阳郡名医为师。后被皇帝举为孝廉入仕，官至长沙太守。

其人从政不废医道。每逢初一、十五，都例行在公堂为百姓诊病，被称为坐堂大夫。此称号，后来演变为对医生的通称。

建安年间，瘟疫横行，病人多死于伤寒。张仲景夜不能寐，毅然向皇帝辞官，专事从医，救百姓于水火。

张仲景一边坐诊，一边广泛收集医方，写出传世巨著《伤寒杂病论》，受到历代医家的推崇，被尊为"医圣"。

张仲景死后葬于故乡南阳。宛人在墓地边修建了医圣祠。

民间祭拜活动连绵不绝，自汉代一直延续至今。

仲景路的一端，陈列着"医圣"在民间问诊的群雕。

不计其数的医院，矗立着"医圣"的雕像。

太阳系中的张衡星

卧龙区石桥镇夏村，是张衡的诞生地，也是他的长眠地。

经张衡路，可以到达张衡故里、张衡博物馆。

博物馆内有张衡雕像、墓园与祠庙。

上古时期的浑天仪、地动仪模型，仍在检验着当代人的智商。

张衡深情赞美家乡的《南都赋》，被镌刻在一面碑墙上。

张衡是汉赋大家，又是东汉六大画家之首，但他在科学上有百科全书式的贡献，掩盖了他在文学艺术上的造诣，被后人誉为"科圣"。

1977年，联合国天文组织将月球背面的一个环形山命名为"张衡山"，将太阳系中的一颗小行星命名为"张衡星"。

1995年，又将另一颗小行星命名为"南阳星"。

在浩瀚的天宇星汉拥有"两星一山"，这是南阳无上的殊荣。

张衡博物馆

执灯的老人，已归道山

——耿林莽祭

青岛盛产啤酒，更是一座文化之城。20世纪上半叶，革命家和文化人来此，传播火种，教书，创作，拍戏，如今，已成风景。

传统得到延续。因为一位文化老人的影响，青岛成为中国散文诗重镇。他手执一盏神灯，照耀别人，也照亮自己，如今，亦成风景。

55岁，对于许多人，已开始筹划安度晚年，可一位文学编辑，却悄然开始散文诗的攀登。

从最初的试笔，至61岁出版个人专集《醒来的鱼》。故乡串场河，忽明忽暗的风灯，犹如隐秘的少年心事。登上不系之舟，来到冷暖人间，看到三个穿黑大衣的人，他打开手的档案，让时间冻结。

写现实，也写梦境。沉郁里满是悲悯情怀。弹过散文诗六重奏，又望梅，不知疲倦。谁能想到，耄耋之年，炉火更加纯青。直到鼓声遥远，落日也辉煌，执灯的老人已归道山。

97圈年轮，化为一团火，成为散文诗史册的一个传说。

注：《串场河》《少年心事》《不系之舟》《三个穿黑大衣的人》《手

的档案》《时间冻结》《散文诗六重奏》《望梅》《鼓声遥远》《落日也辉煌》
均为耿林莽散文诗或诗集名称。

耿林莽《散文诗六重奏》封面

石头的宇宙

地球上有多少巨石阵，仿佛从天外飞来，久久沉默，永不言说，其中的故事已无法破解。

最早的人类文明藏在石头里，史学家称之石器时代。在数百万年的历史长河里，人类用石器取火、狩猎。最早的文字写在石头上。最早的绘画刻在石头上。

祖先发现了石头的神性，雕刻成像，辟邪镇宅。

道德写在玉上，温润如玉，玉来自石头。意志写在磐上，坚如磐石，磐即巨石。爱情、财富与权势写在钻上，钻来自金刚石，石头的极品，经过地表千万年的历练，象征坚强、忠贞与永恒。

不要害怕别人说你是一块顽石。顽石考验人的定力。

顽石与灵石，只在一念之间。

玄鸟
归来

篆书集毛泽东诗句：同心干，换新天

集毛澤東詩句

同心幹換新天

時在甲辰龍年

王幅明恭書

第四辑

WANG

XIANG

望乡

站立滑伯的望乡台，

一眼望见三千年前的风景。

望乡

滑县的历史，始于古滑国；滑台的记忆，始于滑伯。

大约公元前 1000 年，周康王执政，封周公第八子为伯爵，建都于滑，史称滑伯。

滑伯勤政恤民，敬德崇礼，颇受民众拥戴。因王命在身，无召不得还京，天长日久，乃筑就数丈高台。每每登台西望，以慰乡愁。

之后滑国都城迁于偃师，但滑台遗址犹存。

往昔州县衙署，今为育人校园。

学子们追古念贤，集校内古滑台断碣残碑十余通，于校园一隅，建成滑台遗址碑林。松柏映衬，古意盎然。一通《滑伯祠记》残碑，记载了滑伯的陵墓，印证了悠久的文化传承。历代县令上任，必先到滑伯墓前祭奠。

一个个斑驳的石碑，带我们回望远古。

滑伯墓侧，有苍劲古拙的丝棉木一株，传为滑伯亲手种植。

历经风折霜摧、电击雷劈，屡遭战乱兵燹，一次次涅槃重生。

用想象垒起土台，纪念远古的贤人。

站立滑伯的望乡台，一眼望见 3000 年前的风景。

玄鸟归来

因为诗歌，人们记住了淇河

因为诗歌，人们记住了淇河。

奔腾不息的河水，翻滚的全是诗的旋律。3000 年的浪花，凝结成一望无际的诗歌长卷。

河的尽头，有一本名叫《诗经》的大书，关于淇河的诗，多达39 首。

3000 年前的谣曲，今天诵读，依然让人惊讶、心跳。

淇河两岸，曾是邶、鄘、卫三个古国的土地。

淇水养颜，盛产美女。茂密的竹林和桑园，成为年轻人谈情说爱的天然屏障。有大胆缠绵的表白："期我乎桑中，要我乎上宫，送我乎淇之上矣。"也有负心爱情的咏叹："送子涉淇，至于顿丘。……不见复关，泣涕涟涟。"

更有远嫁的女子急速赶回，忧心故国覆灭："载驰载驱，归唁卫侯。驱马悠悠，言至于漕。大夫跋涉，我心则忧。"

一条河的尽头，人们记住了用诗歌改变历史的许穆夫人。

记住了淇水的神奇："淇水滺滺，桧楫松舟。驾言出游，以写我忧。"

记住了对无耻之徒的诅咒："相鼠有皮，人而无仪；人而无仪，不死何为？"

记住了礼尚往来，投少报多的待人之道："投我以木瓜，报之以琼琚。"

记住了远古女性心中的偶像："瞻彼淇奥，绿竹猗猗，有匪君子，如切如磋，如琢如磨。"

感谢先人，用诗歌记下远祖的故事，一个伟大民族的基因。

淇水诗苑

玄鸟归来

仙鹤之乡

仙鹤飞走了，留下栖息的峭壁。

留下传说和梦想，引来一代又一代的追梦人。

留下如梦似幻的云梦山。一个名叫王禅号称鬼谷子的高人在此隐居。那些天赐的山洞，成为他绝佳的讲堂和寓邸。几位弟子先后学成出山，重描战国的版图，风云一时。

留下以弥勒石佛遐迩闻名的大伾山。当年夏禹导河，"东过洛汭，至于大伾……"。3000多年前的黄河故道，经大伾山穿过，沧桑遗迹依稀可见。石佛倚山凿就，高与崖齐。这尊被百姓称作"镇河将军"的"真佛"，最终迫使黄河改道。山壁上醒目的六字真言，深藏无法言传的奥秘。

留下叠峰三层、若舟漂浮的浮丘山，雕刻着960余尊造像的千佛洞。

留下卫国故都遗址、耻辱暴行的见证：朝歌摘心台。留下战国时期的长城、水井、灰坑窑、铜钱……留下随处可察的先贤智慧。

留下一条闪光的诗河。淇水宛然流过青岩山，绘出天然的太极图腾。

仙鹤飞走了，留下一座诗意的城市。

鹤壁鹿台阁

刻在青石上的乡愁

离开繁华的都市，沿着山间小道行走，恍惚之间穿越到另一个时空。

梯田似的缠绕在太行山东麓山腰上的村落，犹如神话，让人误入桃花源中。

古水洹河绕村静静流过。青石筑就的农居，依山而建，布局俨然。一条小巷，将分散的农舍串成伞状花序。人们告诉我，这些农舍，大都是明清时代的建筑，最早的已有 600 年之久。玉皇庙、古戏台和牌坊，记载着过往的历史。

鸡犬声声，炊烟袅袅。房前屋后，山坡岭头，香椿树撑起一把把绿伞。红油香椿是山间一宝，曾为皇家贡品。还有大片的黄连木，种子是榨油的上品油料。山腰上的核桃、柿子，是祖传的补品；山顶的中药材，令许多人起死回生。

看不到汽车奔跑，听不到机器的轰鸣。大青石上的百年碓臼，石屋旁置放的石碾石磨，还有，那些以石头垒成以驴骡为动力的脱粒机，以及拴马石、洗衣石……都与这个工业化的时代搭不上界。

时光，在这里慢了半拍，就像老伯安然缓行的步履。

村里的文化人都已走出大山，分散在世界各地。老屋保存完好，成为永久的乡愁。

留守者悠然自足，延续着世代不变的民风。他们用乡音笑脸和山间真味，招待慕名而来的远道客人。

身在何处？天然的古村落博物馆：王家疃。

刻在青石上的乡愁

拴马石

世界是一个巨大的村落。繁华的都市，与人烟稀少的僻地，是村落两种不同的景观。

正像数不清的涓涓细流，或许都在连接着壮观的江河。

在太行山间漫游，来到一个被香椿树环绕的袖珍山庄。

漫步走进古董级门楼的石巷。一个考究的拴马石吸引着游客的目光。

房门紧闭。主人外出了。或许，房屋的继承人，早已云游四方。

拴马石暴露了它自身的秘密：据说，只有当时的五品官吏，方能享用。

经历了几百年的人间沧桑，许多故事都被遗忘。拴马石一直站立着，最终站立成某种象征。

淇河之滨

在淇河之滨聆听诗朗诵，像在聆听淇河的心跳。

从远古传来笑声和哀怨。祖先们在淇河两岸劳作、恋爱和歌唱。

从太行山传来前辈抗击入侵者的怒吼，像疾风狂飙，掀起滔天巨浪。

声音从建筑工地传来，从校园传来，从军营传来，从田野传来，从森林传来……时而涓涓细流，时而风生水起。突然，犹如百鸟朝凤，华美的抒情令人陶醉。

舞台就在淇河岸边。朗诵者不全是演员，也有教师、儿童、诗人。

一座城市绅士的仪表。历史的记忆。昂扬前行的脚步。

矾楼遗恨

仿制不是原作。变换了时空，也就失去了当年的气场。

开封有许多仿古复制品，宋都御街是其中最大的一个。御街的北端，是耀眼的矾楼。

宋代的东京，是全世界超级繁华的都市。矾楼，是京都时尚和风情的地标。

它是东京七十二大酒楼之首，也是最大的娱乐城。富商豪门招待贵宾的首选，文人骚客寻找新词的温柔之乡。

矾楼传奇的女主角，是一位出身寒微才貌双全的奇女子。

她是矾楼乃至东京最亮的一颗星。她令所有的富豪和文人骚客心动，最终，也让风流倜傥的一代天子，拜倒在其石榴裙下。

游客们来到矾楼，最关注的是中楼的二层，那里有李师师的琴房、书斋、与宋徽宗幽会的蜡像。那里，浪漫故事任你想象。

相传，有一条地道从皇宫直通李师师的艳舍。

曾几何时，整个东京，上自皇帝，下至层层官吏，都沉醉在花天酒地之中。

而北方没有多少文化的金人，却保持着清醒。在宋江被招安与另一个造反领袖方腊火拼之时，金人的马队挺进中原。

繁华只是表象，在金戈铁马面前，它脆弱得像一张纸，只需一把火，便瞬间化为灰烬。

矾楼，最终化为一堆瓦砾，深埋在御街的下层。

一个爱艺术爱美人甚于爱江山的帝王。

宋徽宗给后世留下了精湛的花鸟画和瘦金体书法，留下了夜访矾楼的风流韵事。

更留下一个旷世神话如何坍塌、国人永难忘却的千古遗恨。

吹台琴音

在一座古树参天的园林里漫步。

总觉得有琴音在耳边响起。

这里有春秋时代晋平公的盲人乐官师旷奏乐的旧址：古吹台。3000年前，先人在开封留下的唯一遗迹。黄河水冲淹了许多次，整个城市荡然无存，吹台却神奇地存留。

当年，这里是卫国南部边境上的小城，名叫浚仪。师旷带领弟子来此筑台，面对蓬池奏乐，观众闻风而来。这位曾演奏《阳春》和《白雪》的乐圣，每当演奏时，天上的玉羊、白鹤飞绕而来，百鸟驻足，观众动容。在他离去后，吹台成为人们常来缅怀的纪念地。

战国时代魏惠王来此视察，下令增筑。西汉梁孝王心仪吹台，将此地辟建为梁园。

盛唐时代的大诗人李白、杜甫在洛阳相遇，结伴游历汴州，在吹台邂逅边塞诗人高适。三诗人在此畅饮，怀古赋诗，名传后世。

后人修筑三贤祠，以纪千古佳话。多年后，杜甫仍念念不忘此次壮游：气酣登吹台，怀古视平芜！

开封有音乐的传统，源头始于吹台。

琴声越来越大，古树的枝条随着音乐起舞。

琴声中，似听到《大宋·东京梦华》和《千回大宋》的交响……

古吹台

沉默的铁塔

多好的昵称：铁塔。其实它的建材并非钢铁，只是一座不折不扣的砖塔。

也许是那些褐色琉璃砖的外形混似铁铸？是的。不仅外形，它的意志犹如钢铁，历经千年而不移。强者总是笑到最后。曾经高于它的繁塔，因为抵御不了雷击，中途败下阵来，九层的高度只留下三层。而铁塔，依旧巍然屹立，成为古都的地标。

黄河从古都的身旁流过。它滋养这座城市，又不断毁灭和淹埋这座城市。

造塔的人是位先知。他将塔建在夷山之上。如今，夷山消失了，塔却完好无缺。塔内建有塔心柱，支撑着铁塔，能够力挽狂澜而不倒。绕塔心柱盘旋而上，历168层台阶方可登顶，尽览宋都美景。

当你从塔顶下来，忽悟北宋恰恰168年阳寿，似在印证一句佛语：冥冥之中自有定数。此时，谁能怀疑造塔人不是先知？

铁塔是伟大的沉默者。由于它站立的高度，成为千年沧桑的唯一见证。

但它总是沉默，从不喧嚣，从不作秀，以至于无数次被人遗忘。

阅历最广博的人，常常是沉默者。

铁塔也说话，或者说，也歌唱，但无缘者是难以听懂的。

一位老人，远远地端详铁塔。看小鸟在铁塔的檐瓦上随着风铃的歌唱起舞。

他渐渐露出笑容。

开封铁塔

开封 湖上与湖下的

开封自古多水，故有北方水城之誉。

北宋时期的东京，河道四通八达。整日流淌着诗风词韵的汴河、蔡河、金水河、五丈河，像四条飘带，萦绕城中。在历史残酷的变脸中，连接四面八方的运河像被扔掉的弃儿，无一幸存。

开封人命中注定与水有缘，河流消失了，湖泊登场。在淹埋着帝王宫殿的废墟之上，渐渐蓄起美丽的潘、杨二湖。在庄严肃穆的开封府的瓦砾之上，出现了碧波荡漾的包公湖。那个在金兵掠夺烧杀中毁于一旦繁华无比的金明池的上方，而今涌出神奇的汴西湖。

当年，数不清的达官贵人纨绔子弟把名字写在水上，却像飞鸟在历史的天空掠过，未能留下任何踪影；留下的，是那些将热血和功业写进民心的俊杰，用画图和文字描绘出大宋盛世的贤人。

湖的一侧，每天都在上演着人们心仪的历史。

杨家湖的北岸，是重新修复的天波杨府。精忠报国杨家将的雕像，巍然屹立。西岸，是根据画家张择端的名画《清明上河图》和南渡士人孟元老的名著《东京梦华录》为原型而建造的仿古园林，大宋京都繁华的街道市井神奇再现。

晚间实景演绎穿越千年的风情歌舞，令观者如痴如醉。上元夜的喧闹和那人却在灯火阑珊处的冷寂，让游人回味良久。

那个曾有过 183 任府尹的天下首府，谁能说出历任府尹的大名？后人只记住了包拯。当今开封府每天上演的，全是刚正不阿的包公戏。

潘、杨二湖和包公湖的地下，是尘封千年的历史遗存；泛舟客面对开封府与包公祠，心中充溢着对往昔的缅怀。

一座大桥从汴西湖上跨越，名为"复兴"。

七盛角的秘密

　　门楼颇为高大。走进之后，方知是名副其实的"角"。

　　清澈河流的一角，两岸全是幽雅精致的仿古建筑。有小吃街、客栈、戏楼、酒吧、特色超市。一些招牌颇为诱人：古城故事、汴梁上河一楼、湘里人家、晋晋有味、茶啡茶、仙芋传奇……同伴在七味草超市买了开封酥点让大家品尝。一口吃下，香脆透心。

　　靠近河流，有聚精会神下棋的雕像。下棋人赤脚屈腿，手摇芭蕉扇，目不转睛直盯棋盘。未曾下完的棋局，留下未解的悬案。棋的另一方，只有空空的座位。古人留下了残局，等待后人来解。

　　从未听说过七盛角，也无人说出七盛角的含义。并非古代市井的复制，它出自当代人的奇思妙想。

　　短短一瞬，让你感受到七朝盛世的风貌。

　　从容的游人，投宿七盛角的客栈，尽情享受古都纯正的美味，在酒吧里慢慢观看过往的游船，一杯又一杯细品千年的乡愁。

梦游西湖湾

夜宿风情小镇。蒙眬之中进入历史的隧道，来到宋都东京。

可是孟元老先生的指引？乘坐玲珑剔透的画舫，神游北国水城。

从东水门外沿汴河西行，俨然清明上河画中人。仰望凌空的虹桥，犹在仙境。是桥？还是虹？很难分清。桥上的人俯首看船，他们可知，自身已成船客眼中的风景？噢，桥上还有白皮肤的洋人。一位游子认出了船上的熟人，大声呼喊，但船家并不减速，呼喊声渐渐远去。

两岸游人如织，车水马龙，酒楼商铺，鳞次栉比，灯火辉映，如同白昼。

游船渐次经过便桥、相国寺桥、州桥，大内御街近在眼前。州桥北岸的御路两侧，高大的阙柱和楼观耸立。此时的徽宗，可在矾楼与李师师幽会？

船过浚仪桥、兴国寺桥、太师府桥。看到了蔡京丞相豪华的大宅。又过金梁桥、西浮桥、西水门便桥、横桥，游船跨入一个上写"东京大桥"的湖湾。

玄鸟归来

　　岸上的建筑令游客迷惑不解：这里可是东京？怎么到处都是西欧的风情楼阁？像在普罗旺斯和罗马度假，不然，怎么会有薰衣草花田、许愿池、"真理之口"、朱丽叶的阳台？

　　船家说，千年轮回，世界又回到东京。

汴河夜游

登鹳雀楼
造访王之涣

消失了 800 多年的鹳雀楼，又奇迹般地出现在黄河东岸。

王之涣，你可知道，多少人默念着你的诗句，在心灵的楼梯上攀登？

失而复得的雄伟建筑，是诗人最好的纪念碑。

让人惊喜万分，在楼阁的第六层，竟然与 1000 多岁的大诗人不期而遇。

依旧风流倜傥，一手拿笔，一手拿纸，抬头雄视远方，成诗在胸。

极目远眺，看到了浩瀚无垠的时空之海。

也有了新的感悟：欲穷天下事，更下一层楼！

归玄
来鸟

寺院里的爱情

镶嵌在

寺院本是修行之地，与爱情绝缘。如今，却成为众人向往的爱情圣地。

时空隧道被打通。戏剧中的人物故事，镶嵌在普救寺的庭院。

在大佛殿与藏经阁之间，有一处严密的院落。这是故事中老夫人、崔莺莺和红娘的寓所，也是张生跳墙与小姐幽会、老夫人拷问红娘的地方。剧中的情节用蜡像复活，栩栩如生。还有那棵不老的爱情树，时刻诱惑着游人的想象。

书生借宿的西轩不远，有莺莺散步的瓦棱小道。游客们从小道上走过，或沾染浪漫，或憧憬佳期。

可爱的青蛙石和典雅的听蛙亭，见证着有情人的天长地久。

姻缘墙盛开着神秘而又温馨的隐语。栏杆上缀满金色的同心锁。

寺院广场那把巨大的同心锁，成为情侣们争拍合照的道具。

哦，还有醒目的爱情邮局，出售爱情邮品，传递爱情信物。

不朽的爱情课堂，呼唤着真爱的回归。

邓城的雕像

在幽静的沙颍河边漫步，忽见一座身着古代戎装的巍峨雕像。

走近一看，是三国时期魏国名将邓艾。顿时，时空倒转至1700多年前。司马懿采纳邓艾的建议，派遣他到沙颍河两岸兴修水利、屯田备战。

邓艾选择在此地筑城，邓城因之得名。

有意味的是，邓艾雕像不在小镇中心，而在远离喧嚣的沙颍河岸。

邓艾以绿树为伴，静观他亲手缔造的小城，关注它的沧桑之变。

一个普普通通的豫东小镇，因一段不寻常的历史而变得厚重。

运河无声

隋唐大运河从道口镇流过。

它拐了个弯，带着五谷、锦缎、美酒和先辈的笑声，飘然远去。

它留下了记忆：刻在古城墙的断壁上，顺河古街的店铺间，古渡口的石阶、码头上，已经变窄了的河床和静静的流水里。依稀辨认石阶门洞"山环水抱"的匾痕、残存的水闸。它们见证了千年之久的航运。

留存下来的义兴张道口烧鸡老铺、同和裕票号、德庆诚绸缎庄的铺面旧址，记录了古镇曾经的繁荣。

早在东汉，曹操已在黄河故道疏浚，通航漕运，时名白沟；至杨广登基，隋炀帝集六年之功，挖通连接京都长安、洛阳至扬州的运河，成为中国的动脉。

犹如雨后春笋，沿岸一座又一座城镇相继出现。

老年人清晰记得年轻时目睹过航运的盛景。只是在几十年前，因为废水和垃圾，河道淤塞，永济渠卫河段惨遭废弃。

在河堤大道倘佯，仿佛读一部历史大书。里面有先人的欢笑、骄傲，也有郁闷和血泪。

　　道口一面街旁的旧舍、古城墙、卫河及多个渡口码头，已成为永恒的记忆，列入古镇的历史遗产，受到保护。

　　运河无声。我听出了它心中的澎湃。

　　列为遗产固然不失荣耀，但它更愿延续历史，复兴昔日的辉煌。

运河风光

归去来
玄鸟

在大禹渡
聆听教诲

九曲黄河自古曾有过多少渡口？无人能够说清。

有一个古渡，为历史铭记。因为大禹来过，并在此治水。

除了远逝的河水，岸边的状元岭，还有那棵神柏，也见证过大禹治水的身影。

禹王庙在云雾里。数不尽的台阶像登天的梯子。

在万里黄河第一庙的大殿，重温圣贤的传说。

大殿内供奉着大禹神像，山墙有大禹治水的浮雕。为了拯救黎民，大禹治水十三年，三过家门而不入。他身先士卒，手执耒耜，栉风沐雨，带领民众筑坝挖河，终使洪水畅通无阻流入东海。

这位旷世的治水英雄，受到民众爱戴，被推选为舜王的继承人。

庙前有棵4000多岁的古柏。相传大禹治水时在此拴马、憩息。

他悟出父辈治水失败的教训，用疏导代替围堵，终于让放肆的蛟龙低头。

也许这株柏树是神灵的化身？执着忘我的大禹在树下受到神谕？他用疏导的理念治水，更用来治国。

大禹将各地捐赠的青铜铸为九鼎，将天下划分为九州，为夏朝的建立奠定了基础。

拜谒禹王庙，感觉到君临天下的气场。

鸟瞰大禹渡，犹如检阅百万雄兵。

大禹渡，生命流转的渡口。

祖先和今人的业绩，一同在此展示。

遐迩闻名的扬水工程，灌溉良田，造福人民。

英雄的灵魂无处不在。从容的大禹雕像，慈祥的定河神母，翻开书页却看不到文字的巨石书碑，一个个通向山巅的引水管道，都在默默地诉说。

圣水观音的千只佛眼，洞察着芸芸众生。走过横跨峡谷的状元桥，是接受佛的引渡？

乘坐气垫飞船亲近黄河，在慈母的怀抱里聆听教诲。

沉睡千年的铁牛

昨日河西，今天河东。

1200年前的蒲津渡，是秦晋两地的交通要冲，横跨两岸的黄河浮桥，称雄一时。它是河东盐池的重要关隘。

桥头的蒲州城，被称为西都长安、东都洛阳之外的第三大都市。河东的盐，即通过这座巨型浮桥，源源不断地送向长安。

战乱，积沙，黄河改道，西都的衰落，竟让古城、渡口与浮桥神秘消失。

意外挖出古渡的遗物，也挖出被遗忘的历史。人们发现，昨天与今日，南辕北辙，相距竟如此遥远。

除了铁索浮桥的残片、铁山、铁柱、虎虎有神的铁人，还有四具体形硕壮、性格倔强、体重60吨的镇河铁牛。

沉睡了太久的盛唐气象，终于醒来。

开元十二年铸造的铁牛。牛眼里写着：唯我独尊！

酒仙桥北路7号：温故与穿越

一

似曾相识？

一切都如此熟悉，车床、铣床、刨床、铲车、天车、锻造作坊、集装箱、厂房……

温故？抑或归来？半个世纪前的学徒经历，顿时在脑海浮现。

又犹在梦中。像误入大观园的刘姥姥，一切都感到新奇、新鲜、神秘。厂房里尽是上班族，却听不到声响。嘈杂的轰隆声已成往事。机器阵列在道路边，像装饰品，更像一尊尊英雄的雕塑。

出奇的安静。也听到了声响：喷泉！瀑布！音乐！瀑布从多处墙体奔涌而下，叠翠流银，伴随着欢快的旋律。

三坡、六廊、十二桥、二十四水、三十六亭台，巧夺天工。再加上大片的绿地、石雕和红枫，惊讶于这里曾是工厂。

从工业时代向后工业时代穿越。在温故中穿越。

二

时光在此凝固，又创造着新的故事。

当年的电机总厂，今日的电通创意广场。两个世纪在一个园区里握手言欢，完美碰撞。园区延续了工业文明的历史，原有厂房的结构仍在，曾为年轻共和国输送各种电机的城市记忆，在此留存。

园区的设计者应该是一位诗人，他将心中的诗意转化为一个个诗境，既复古又现代。多么像王右丞辋川别业的升级版！

三

毗邻著名的798、751艺术区，电通广场却显得异常低调。几乎看不到她的商业广告。

同样由旧厂房改造，却别具匠心。一个极富个性的产业园林，大面积的多巴胺色块装饰其中，丰富而热烈。最鲜明的是橙色，和明亮的天蓝、果绿碰撞，像一幅幅重彩的油画。让人感受到的不是商业气息，而是青春、自信、沉稳与浪漫。

一座座独具后工业建筑个性的写字楼，掩映在多彩园林之中。楼顶有天井、连廊，又有露天式花园，可供客户在工作之余小憩。配套的人文关怀一应俱全。

在大自然中办公，已不再只是梦想。天赐良园！

一些著名的高科技公司和文化传媒机构，鱼贯而入。

四

园区里的"蓝羊咖啡",可是为诗人而设?

金色的十月,在温馨的"蓝羊咖啡",举办了一场别开生面的"十月诗会"。诗人们边喝啤酒,边吃烤串,边朗诵各自诗作,心中展望着远方。熊熊烈火在胸中燃烧。

大家在讨论一个话题:工业遗产的文化转化与当下散文诗写作。

一个由弦歌辉映过3000年历史的泱泱大国,文化复兴,怎能缺少诗歌?

诗歌复兴,又怎能少了散文诗一脉?

现代散文诗起始于工业时代,必将辉煌于21世纪的信息和智能时代。

玄
鸟
归
来

西顶戏台

一

西顶村位于凤凰岭的顶端，因为靠西，故名西顶。

曾几何时，一个小小的山村有了戏台。

戏台位于西顶村最大的四合院。曾经是西顶小学的校园，生产队的队部，全村人收听广播、观看演出、召开大会的地方。更是全村人难以忘怀的天堂电影院。

放映员从十几里外艰难地背着电影机上山。一年中难得的几次。山风荡漾着阵阵欢笑，也抚平一些入戏人晶莹的泪花。

二

西顶好风水。这个小山村曾经保护过抗日队伍的将士。太行军区副政委黄镇将军曾在此运筹帷幄指挥战斗。他住过八个月的斗室，至今依然矗立在西顶。

西顶有文化立家的传统。民间流传着"西顶村用钱办学，黄庙沟用钱买骡"。西顶村民个个都是读书人。当年，村里青年全都参军，跟随部队；因为出色，许多人立功、提干。谁能相信，多位大学学子从简陋的西顶小学走出？更令人惊奇，包括20多位县级以上领导在内的近百位党政干部来自无名的西顶。也许，八路军将士的家国情怀在西顶扎下了根，从此影响了西顶几代人的命运。

许多故事在西顶戏台上演。上大学，当兵，都从这里启程。

外出的西顶人有出息了，没有忘记家乡，纷纷把老人接到城里居住。

外面的世界很精彩。可西顶，并没有多少改变，依旧藏在深山无人识。

三

从兴盛时的200多人，到后来寥寥数十人。大多房屋被闲置。依然坚守的，多为怀旧的老人。西顶村成了空村、贫困村。

一阵东风吹过，西顶村来了两位以旅游扶贫为己任的贵人，一对来自滑县的企业家伉俪。他们仔细考察了隐藏在太行山间的"北斗七星"，最终在被称为"玉衡星"的西顶村落脚扎寨。"玉衡星"
又称"廉贞星"，象征着见识不凡、敢作敢当。这正是夫妻两人的
个性啊。

他们钟情于西顶，决心在西顶戏台唱一出大戏。随之，启动了
一场颇富远见的开发。

四

有人说，西顶村历经 600 年，已经苍老了。但她是一棵老而不
衰的梧桐树，终于引来了凤凰。

那些用石头砌成的石屋、庭院、巷道，一经入眼，便让城里人
惊艳。荒废已久的民居，经过设计师的神奇之手，被改造成风格独
具的云崖小筑。在山腰落成的几幢被称为云端金宿的洋房，被四季
美景包围，游客全都成了梦幻的画中人。

古与今，俗与雅，单与复，在这个古朴的村落和谐相处。

游客可以放心采购老乡们亲手栽种的山核桃、山花椒、山葡萄
等种种山货。

可口的手工馒头、卤面、豆沫、大锅菜，引发了多少人亲切的
回忆？

西顶的风花雪月引来一群又一群的驴友、摄影家、画家、诗人。

灵感飘然而至，作品随之诞生。更多的潜在游人对西顶心生神
往。

五

从西顶戏台走出，便是一处绝佳的观景台。每天清晨，游客争相早起，只为目睹对面佛头山辉煌的日出。春天黄灿灿的油菜花，夏天雨后水墨画一样的群山，秋天的满山红叶，冬天的皑皑白雪，都是西顶不可错过的绝景。

西顶是"北斗七星"的天然中心。居西顶，南边走山路下山，可到苇泉山腰的名刹静居寺。转而可去黄庙沟的原始森林天然氧吧。往北不远，便是东齐村及王家辿村，漫山遍野是夺目的香椿树，还有，洹河岸边的奇特化石。

久违了的古朴、单纯。白天，倚着墙根儿晒晒太阳，与老人聊聊西顶的往事。夜深人静，万籁俱寂，看看星光，听听犬吠，隐约可闻静居寺传来的钟声。

从纷繁的世间走来，在西顶回归单纯。

六

西顶，西顶，会当凌绝顶。

"北斗七星"的其余六村都有戏台，但只有西顶戏台向游客开放。检验一下受到压抑的肺活量吧，让同行的诗友、摄友评判一下你的歌声。

要不，喝一口西顶酒坊自酿的西顶纯，提提精气神。

乡亲们最爱听的还是豫剧，总是枕着那些百听不厌的唱段入睡。

人生如戏。时光如戏。

云端西顶的好戏，好像才刚刚开幕。

科尔沁九歌

一

友人告诉我，科尔沁的蒙语原意为"弓箭手"。

从通辽归来，浓烈的科尔沁情结久久不能稀释，我被这个多情的"弓箭手"射中了。

一直沉浸在蓝天白云、草原马群，聆听诗与歌，崇尚英雄的热土……

二

早在5000年前的新石器时代，科尔沁草原就已经有人类栖息。这里曾是红山文化和契丹文化的发祥地，遗存丰富的南宝力皋吐遗址和哈民遗址，打开了科尔沁远古文明的通道。

铁马狼烟金国界壕，残垣断壁燕国长城，印证着历史烟云的洗礼。曾在北京故宫展出的瑰丽无比的库伦辽墓壁画，大道至朴，画境幽远，令游人叹为观止。

科尔沁草原曾是成吉思汗胞弟哈萨尔的领地。这是一块英雄辈出的沃土，被尊为清代国母的孝庄文皇后、爱国将领僧格林沁、民族英雄嘎达梅林等是照亮科尔沁民族文化的璀璨星座。

三

位于科尔沁草原腹地的珠日河草原，孝庄文皇后和嘎达梅林的诞生地，有"马背摇篮"的美誉。

珠日河拥有优良的草场，是牧民的天堂。碧绿丰沛的草场一望无际，牛羊成群，香花遍野。一年一度的那达慕哲里木赛马节盛会，人流像潮水来自四方。骏马的嘶鸣，吹响嘹亮的号角；马蹄声声，踏响奋进的征程。草原像在沸腾。

参加赛马节观礼，观看骑手们精彩的套马表演、马术比赛，感受真正属于草原男儿的天地与豪情；聆听民族艺术家深沉的天籁，是游客可遇不可求的享受。如能亲身踏马御风，随骑手一同追逐珠日河草原的落日，更是一生难忘。

四

号称八百里瀚海的塔敏查干大漠，是另一番风景。

大沙丘像一堆堆风蚀蘑菇，又似一座座荒废的城堡，零星散落。骑上骆驼加入沙漠之旅，难得一次诱人的体验。驼铃声余音缭绕，仿佛来自遥远的天国。

与科尔沁草原同样有名的，是科尔沁沙地。科尔沁沙地，中国四大沙地之首，北方沙尘暴的始作俑者。本是科尔沁草原的主体，掠夺性的开发，终于让部分草原变成荒漠。

嘎达梅林的后代，举起先辈的精神之旗，治理荒漠，守卫草原。经过两代治沙英雄的不懈与坚守，沙化面积终于呈现整体性逆转。曾经的"火沙坨子"，变成一片片葱郁的绿洲。

五

大青沟是上天赐予科尔沁的珍宝，西部沙海的一道奇观。

24 公里长的沙漠大沟，沟上沟下绿树覆盖，静谧幽然。沟底千万条淙淙泉水汇成一条长溪，常年不绝地滋养着四周古老的森林，徒步其间，可以结识无数珍奇植被，静心感受大自然的隐语。

蒙古栎树"鹿回头"，酷似一只回首远望的鹿。它在讲述大青沟野生鹿的故事，呼唤着野生鹿再回到大青沟。另一棵栎树"五兄弟"，有五根苗壮的枝干，好像同根生、共命运的五兄弟。多么巧合，科左后旗恰好主要居住着五个民族：蒙古族、汉族、满族、回族、朝鲜族。

"嘎达梅林小路"让游人肃然起敬。为了反抗开垦草原而遭监禁，嘎达梅林出狱后毅然率众起义。起义队伍曾在大青沟休整，往返于此。粗犷的颂歌在路边响起："南方飞来的大鸿雁呀，不落长江不呀不起飞。要说起义的嘎达梅林，是为了蒙古人民的土地……"

登上高耸入云的冲胡勒瞭望塔鸟瞰，绿树丛中的毡房，多么像盛开的白莲。

六

一棵神奇的千载古榆，见证了科尔沁的千年沧桑。

干如巨柱，冠如伞盖，绿荫铺地，方圆盈亩。相传康熙帝沿辽河北征，带领将士在古榆下休憩，树旁的清泉饮之甘洌，当即被皇上封为"圣水"。圣水井遗迹尚存，游人争饮。

古榆园里建有柯蓝散文诗碑廊。柯蓝的绝笔散文诗，献给他的延安战友、在开鲁境内壮烈牺牲的音乐家麦新烈士。

抗日战歌《大刀进行曲》，一个时代的记忆！

烈士在开鲁受到崇高礼遇。麦新纪念馆是一座园林式建筑，一座元代佛塔矗立在园内，白塔与烈士墓碑对峙而立，相互交映，是开鲁大地的标志。

七

走进孝庄园，便进入科尔沁传承古今的人文圣地。园内有达尔罕亲王府、孝庄故居博物馆、嘎达梅林纪念馆、后金与科尔沁部会盟遗址纪念碑、汤格尔庙，还有刚刚揭牌的中华诗词馆、孝庄书院。

大口品尝散发着孜然浓香的烤全羊，悠扬的马头琴声与拉着长音的蒙古族长调民歌在餐厅响起。草原敞开窗口，小风夹着青草味浸入游客心扉。

孝庄园浪漫星空篝火诗会拉开了帷幕。诗人和歌手们争相献艺。

星辰布满天空，一钩弯月的清辉洒落在辽阔的草场，火光升腾起来，草原显得神秘莫测。

火光中，歌声中，来自四面八方的游客翩翩起舞，优雅、奔放的现代交谊舞与率真、粗犷的草原民族安代舞融会在一起，浪漫，热烈。

八

1000 多年前，科尔沁曾是"草原丝绸之路"的节点。

而今，新时代的"丝绸之路"正在延续。不再需要当年的驼队。科尔沁草原有了现代化的运输工具，铁路网是草原的动脉、不冻的河流；还有无数只飞往蓝天的铁鹰。

大美科尔沁，璀璨的塞外明珠，心灵的一方净土，开启了多少文化人的精神之旅！

九

通辽市有许多让人心动的城市名片。

诸如"内蒙古粮仓""草原文化旅游名城""中国马王之乡""中国黄牛之乡""中国安代艺术之乡""中国版画艺术之乡""中国民歌曲艺之乡"……

诗人们更在意"中国诗词之乡""科尔沁诗人节"。

科尔沁有诗教的传统，也有一个诗歌群体。

人们常说"诗与远方"，两者密不可分。

是啊，离开了诗，还能侈谈远方？

九曲回肠
开封城

　　一座在缅怀中沉睡的古城，幡然醒来。

　　终于找到了自己的定位：辉煌于水，消失于水；势必依赖于水再度复兴。

　　于是，汴河复流。在汴河流经之处，千年梦幻的《清明上河图》，化为一片园林。

　　于是，这片园林又制成动画，在上海世博园的中国馆上演，吸引着世界的目光。

　　于是，曾经名为汴京、东京、大梁、汴梁、祥符的八朝古都西部，一泓相当于九个龙亭湖的开封西湖，神奇出现。曾经数次淹没古城的黄河，引水进湖，一洗往日的形象。既是泄洪通道，能够防洪排涝，又能补给生态用水，开封西湖是黄河赐予的福音。

　　于是，一个衔接新老汴京城区的湖泊——森林生态园区应运而生。

　　于是，宋都水系工程启动，利用四条河道连接五大湖泊，将水系连通，形成完整的御河风景。昔日的开封景观被改写。

玄鸟归来

　　于是，久违的慢生活开始了。船的起伏平平仄仄，水岸尽开黄金甲，一不留神，便会枕水入梦，跌入宋词的陷阱。

大庆殿遗址

西
园
觅
踪

一

来到宋都开封，自然会想起西园。

历史上有过两次极尽风雅的文人聚会，一次在东晋的兰亭；一次在北宋的西园。

那位风流蕴藉的驸马都尉王诜，政治上的失败者，却是一个艺术家、收藏家、词人，更是一位侠骨柔情的铁哥儿。得知乌台诗案事发，他连夜给好友苏东坡通风报信，最终受到牵连，被贬出京城。

苏东坡谪居黄州，写出千古绝唱《念奴娇·赤壁怀古》。王诜谪居均州，多年后复官回到京城，写出名词《蝶恋花》。

元祐二年秋，王诜在其府第西园，召集了一次顶级的朋友圈聚会，史称西园雅集。十六贤士或饮酒赋诗，或题字作画，或谈佛论道，或抚琴长啸，置身于名利之外，痴迷于自然和艺术之中。其盛况，被李公麟画进《西园雅集图》，被米芾写进《西园雅集图记》。

从此，西园，成为历代士子可望而不可即的精神家园。

二

绍兴的兰亭依然。可是，开封的西园呢？

开封城被黄河多次淹埋，也许，只有屹立不倒的铁塔见证过西园。

900多年飞驰而过，西园早已无迹可寻，化作一个美丽的传说。

三

怀旧演变成穿越。

在古代残留的城楼上穿越，在铁塔前穿越，在繁塔前穿越，在龙亭前穿越，在大相国寺穿越，在延庆观穿越，在禹王台穿越，在开封府穿越，在金明池穿越，在居住过赵匡胤、赵匡义两兄弟的双龙巷穿越，在城摞城博物馆穿越。

在动画的《清明上河图》前穿越，在实景的清明上河园穿越，在汴河的游船上穿越，在鼓楼的夜市穿越，在有着市井风情的木版年画圣地朱仙镇穿越，在贯穿朱仙镇南北运粮河河岸穿越。

在大型演出《东京梦华》和《千回大宋》的情景里穿越，在小宋城馋嘴的小吃里穿越，在有着"开封菊花甲天下"美誉的汴菊里穿越，在依照孟元老《东京梦华录》复建的宋都御街上穿越。

在被后世画家反复临摹过的李公麟《西园雅集图》里穿越，在米芾《西园雅集图记》的文字间穿越。

李后主"故国不堪回首月明中"的感伤词句，竟在穿越中汹涌
而出。

四

开封，在 11 世纪达到经济与文化的双重巅峰。

宋代文人颠覆了唐代书法，将尚法改为尚意：在博大的唐诗面
前另辟新路，情趣与理趣并重；将发端于晚唐五代的长短句写到极
致。代表散文的"唐宋八大家"，宋代竟占去六位。

绘于 11 世纪的两幅不朽画卷，见证了开封城的辉煌：《清明
上河图》见证了世界第一大都市经济的繁荣，《西园雅集图》见证
了文化巨人超脱尘世的风雅。

历史进入 12 世纪，开封在蒙古骑兵的铁蹄声中跌入谷底。

五

穿越千年，梦回千年。

寻觅西园，一片迷茫。

既然有了实景的清明上河园，怎可没有复制的西园？

有识之士，已经设计了将梦想变成现实的蓝图。

西园不再遥远。

它将成为古都的另一处地标。

归
玄
来
鸟

星星之火

禹王台区官坊街道，车头厂党支部纪念馆建成揭牌。

首任支部书记，是机修工人出身的凌必应，时任陇海铁路总工会执行委员。

1922 年盛夏，张昆弟受李大钊派遣，以北洋政府交通部密查员的身份来到开封车头厂，开展工人运动。他与凌必应一见如故，成为惺惺相惜的好友。

一个大雪纷飞之夜，开封车头厂党支部秘密成立。

车头厂点燃的星星之火，迅速在河南大地上蔓延。至 1926 年初，全省已有党员 3000 多名，遍布全省各地。

新文化运动在开封传播。工人运动和学生运动蓬勃发展……

百年见证

红洋楼始建于 1917 年，位于民生街 17 号。

典型的 18 世纪巴洛克式建筑。英国人为印度籍河南邮政总局局长及丹麦籍会计长修建的官邸。

抗日战争中，蒋介石企图"以水代兵"，阻止日军进犯，炸开了郑州花园口黄河大堤。结果没能阻止日军进攻，反而使黄河水冲出故道，造成震惊中外的"花园口事件"。

抗战胜利后，蒋介石再次假借"改道归故"之名，企图水淹解放区。为了揭露、粉碎国民党反动派的阴谋，1946 年 7 月，周恩来由上海乘坐专机飞抵开封，与国民党谈判，下榻于红洋楼东楼。

通过激烈谈判和尖锐斗争，中共代表提出的"先复堤，后堵口"取得了胜利，堵口工程得到延期。

1952 年 10 月，毛泽东在新中国成立后首次到开封视察黄河。他风尘仆仆地到东坝头察看修坝工程，又抵达柳园口黄河大堤，察看黄河形势，询问"悬河"之谜，走访老船工。当晚下榻红洋楼，时为河南省军区所在地的木板床上，夜读《开封县志》《东京梦华

归去来鸟

录》。

两座红洋楼，东西相望，见证了新中国的领袖风采、开封的百年沧桑。

开封红洋楼

伞塔印记

伞塔矗立在开封东南郊，像一只展开双翅竖立的蝴蝶，时刻准备飞向蓝天。

伞塔曾被视为 20 世纪中期开封的象征和地标。

如今，后起的高楼遮挡了它的英姿，但它仍是开封一处无法取代的骄傲。

信息量超大的伞塔印记馆，告诉了我们一切。

1951 年 6 月，新中国有了自己的空降兵。首批伞兵利用缴获的几架美制飞机和苏联飞机，成功跳伞，揭开了"从天而降"之谜。

开封伞塔，号称亚洲第一、世界第二、中国空降兵的摇篮。

国内建筑最早、最高的跳伞塔。多次承办全国伞塔跳伞重大比赛。1957 年苏联运动员创造的跳伞世界纪录，在这里打破。

伞塔附近有以伞塔命名的街道和小学。

一群小朋友由老师带领，来到伞塔印记馆，在毛泽东"为建设中国的新伞兵而奋斗"题词前合影，个个做出敬礼的姿势。

小朋友离开了，合影却永久留在人们心头。

若干年后，在这群小朋友中间，或将会有人成为伞兵。

玄鸟归来

村史馆

禹王台区南郊乡，一个名不见经传的村落，因为村史馆名声远扬。

孟坟村地处北宋名园玉津园方池、圆池旧址。

相传明代一位孟姓州官路过开封，不幸患恶疫病故，因交通不便，无奈埋葬于此，雇人守护坟茔，守墓人代代繁衍，渐成村落，故称孟坟。

抗日战争时期，孟坟出了一个抗日奇侠魏大侠，佯装与日军交朋友，把敌人灌醉装入麻袋，骑快马送交抗日部队，获得银圆奖励，换粮食救济村民。全村人义无反顾，投入抗日洪流。

一幅幅珍贵的图片，展示了孟坟的历史和改革开放 40 年的巨变。

由包产到户到种植时令蔬菜，再到进入生猪宰杀、开办红砖厂。几年之后，全村人都住进了砖瓦房。再后来，经过反思，又拆除砖厂，恢复可耕地，踏上共建共治共享的美丽乡村之路。

昨日辉光，今日起点。

在朱仙镇，与诸仙相遇

朱仙的传说

中国是神仙之国。在众多的神仙之中，有一个名叫朱仙，籍贯朱仙镇。

其实，朱仙镇原本与仙字无关。远在春秋时期，这里是郑国的东北边陲。郑庄公命一员大将在此屯兵筑城。新城建成，命名为"启封"。

后来，启封城由郑国而入韩国，再归于魏国，最终，一统于大秦。至西汉，因讳忌"启"字，启封改名为开封。启封城沦为古城村。

战国乃大争之世，英雄辈出。当地人崇尚英雄，于是，聚仙镇的名称，便应运而生。

最受尊敬的神仙，当数魏国人朱仙。

朱仙原名朱亥，一介屠夫、义士，因跟随信陵君魏公子无忌"窃符救赵"，打败秦军，名声大震。

朱亥复随信陵君返回魏国。他被封为信陵君副将，举家迁往聚仙镇。曾为布衣的朱亥，被大家尊为朱仙。

从此，朱亥的故里朱庄，被叫作仙人庄；聚仙镇，也被改称朱仙镇。

英雄基因

当今的朱仙镇，很难找到朱亥的遗迹。我们只能从苏东坡撰写的《朱亥墓志》里，眺望他远去的身影：

"崔嵬高丘，其下为谁？惟魏烈士，朱亥是依。时惟布衣，不震不惊。晋鄙在师，孔严不孤。进承其颐，视如豚豜……"

朱仙镇传承着英雄的基因。

岳飞曾在这里，以500精骑大破10万金兵，史称朱仙镇大捷。可是，打了胜仗的英雄，非但没有受到嘉奖，反而遭遇秦桧的暗算。岳飞再未回到朱仙镇，但他的英魂永远留在了朱仙镇。

当地人修建了岳飞庙，把岳飞当作神仙来敬。香火长年不断。

庙内，保存着年代最久远的岳飞夫妇画像。

凡来朱仙镇的游客，无人不进岳飞庙，向岳飞、岳家军敬献一瓣心香。

岳飞庙前，一位沧桑老人正在用纯正的祥符调演唱，唱词是岳飞的泣血之作《满江红》。

高亢悲壮的旋律，在千年古镇的街巷间回响，久久不息……

魂断运粮河

运粮河，是朱仙镇的摇篮、动脉、千载难逢的机遇。

运粮河本是开封蔡河的一段。蔡河穿镇而过，南下流入淮河，流入江南，成为夺目的风景。

北宋年间，朱仙镇开设了漕运码头。运粮船、各类商船络绎不绝，朱仙镇蔡河段遂有运粮河之称。

元代贾鲁河通航后，朱仙镇更是盛极一时。港区"白日舟楫如林，夜晚灯光似银"。

20余万人口的朱仙镇，跻身明末四大商埠重镇，与汉口镇、景德镇、佛山镇齐名华夏。

排在四大名镇之首的朱仙镇，犹如天之骄子。真可谓：天下谁人不识君！

运粮河上有许多座桥，文人雅士常常伫立桥上观景。明代大才子袁宏道夜宿朱仙镇，留下了传世名句：第六桥头香十里，桃花风起叠琉璃。

自清朝道光年间以降，黄河频频决堤，朱仙镇命运为之一变。

贾鲁河被巨量的河沙淤塞，致使运粮河痛失漕运。

还有更致命的消息：1927年，民国政府重新挖掘贾鲁河，竟然不再经过朱仙镇。随之，运粮河两岸大量的建筑被拆除，人口锐减至不足两万……

与诸仙相遇

运粮河是朱仙镇一艳，木版年画是朱仙镇一绝。

一艳不在，一绝仍存。

朱仙镇木版年画起源于唐，兴于宋，鼎盛于明清，享誉四海。

如今，这种古老的艺术，依旧在朱仙镇延续。

失去了运粮河的漕运，仅仅依靠木版年画，难以支撑朱仙镇的繁荣。众多艺人被迫转行。但是，依然有人坚守。

坚守最终迎来了"回报"：朱仙镇木版年画，被列入国家首批非物质文化遗产名录。

木版年画一条街，有数十间铺子。年画的墨香，依旧在街道上飘散。

手艺精湛的师傅们在木板上雕刻门神。图样大多与神仙有关，最多的是朱亥、岳飞、关公。他们成了千千万万个家庭的守护神。

在朱仙镇漫步，不时与诸仙相遇。

诸仙在木版年画里，也在朱仙镇人的眉宇间。

乡愁永续

岁月令昔日的光环褪色。始终未变的，是朱仙镇人心中的乡愁。

乡愁里有不灭的梦想。

朱仙镇走到了历史的节点。受困于水，必将复兴于水。

看啊，干涸的运粮河在挖掘机铁臂的挥舞下逐渐疏浚，上通黄河，下连涡河。

梦想正在实现：临河的农民，终于用上了黄河的水。

承载了朱仙镇衰败的运粮河，将重新造福于民。大片的农田，将变为旱涝保收田。

运粮河两岸，启封故园风景区游人如织。堪称中国第一大牌楼的启封楼，还有验粮楼、聚仙桥、状元桥、漕运码头、仿古商业街、凤鸣茶楼……

众多的人文景观，重现了古镇风情。

失之东隅，收之桑榆。当年的汉口镇、景德镇、佛山镇因为发展迅速，早已升格为市，古镇身影难觅；四大名镇，朱仙镇成为仅存的一枚。

何处怀乡？唯朱仙镇！

如果能在"豫剧之母"祥符调的发源地听一段《窃符救赵》，在千年清真寺目睹古老的阿拉伯文碑，在岳飞庙亲手抚摸岳飞仅存于世的手迹石刻，买几幅心仪的门神画，品尝当地名吃五香豆腐干、清真十大碗……

当你离开朱仙镇，带走的，将不仅是历史、文化与美食，也是永续的乡愁。

阅读咸平
三诗人

刘海潮：回望乡土

刘海潮说他被人带领走过一个村庄。读他的诗就跟着走进了那个村庄，至今也未能走出那个村庄。那个村庄很大，名字叫千年咸平。其实刘海潮并不在这里出生，生活了多年之后，他认定这里就是他的家乡。

他把对咸平的热爱，对乡土的理解，全写在诗句里。写历史人物如数家珍，写现实生活像编年史，掏心、缠绵，颇让出生在咸平的诗人读了嫉妒。

他记忆深处的那根火柴，也把读者掩藏的乡愁擦亮。

李俊功：涡河从心中流过

李俊功用诗句作琴弦，弹响了大地风声。读者的心胸也被这疾风吹得鼓胀。他弹自然的伟力，弹伴着惊雷的暴雨、大如佛陀的飞雪、覆盖苍生的阳光、广阔无垠的大地、永不止息的河流……

他还有细腻的一面：听庄稼的交谈，看蓝鸫在天空飞翔，观察蚂蚁和蝴蝶的行迹，探寻时间的翅翼。

忽然明白，他为何使用空间这一笔名。

他的家乡在涡河的一侧。他常常凝望涡河，俯身倾听涡河。他的心灵和诗句，听命于这条古老的河流。

张孝杰：奇异的幻钟

张孝杰用力敲响了一座大钟。钟声辐射出缤纷的色彩。他看见天空错落的牙齿掉下来，银河泊着潜水艇的造型，灌木丛钻出碎石疯长。

他的怀乡有几分苦涩。眼看健壮的黄牛被宰杀分割，摆在餐桌上。儿时的鸟声变了调，伸手抓起，竟是几粒硬血。

他真实记录了一次看病的经历。他因咳嗽穿梭于全城最有名的医院，治疗两个月之久咳嗽竟愈加严重。绝望中寻找乡村野医，医生让他张大喉咙，"孩子，哦，没事，一根鱼刺，软软地卡在那里，喝点食醋，慢慢就好。"

他苦苦以求，诗歌以怎样一种新的形式从指尖上滑落，与泥土、田野以及呼吸的气味一同飘出。

玄鸟
归来

篆书杜甫诗句：露从今夜白，月是故乡明

杜少陵诗句

露從今夜白

月是故鄉明

甲辰王幅明

SHAN

SHUI

LIU

YUN

山水留韵

山在唱，水在唱，鸟在唱。

除了那些在风中一展歌喉的钻天松，

仔细聆听，还能听到花开的声音，抽芽的声音。

候鸟飞走了

知道那些不停飞翔的候鸟吗？

没有固定的住所。一年四季都在飞翔中度过。不是兴趣，而是使命。

有梦想在召唤，有新的伊甸园。

候鸟飞走了。

谁都看到过候鸟的飞翔，在城市的上空，在蓝天上、田野上、高山上、大河大江大洋之上。

可很少有人在想：它们为何飞翔？来自哪里，又飞向哪里？

候鸟飞走了。

带着已能飞翔的幼子。

曾经也有烦恼：它们隐身于高树的顶端，时不时将排泄物从空中撒下，一不小心就会弄脏头发和衣服。可是，一旦它们离去，又觉得怅然若失。特别是早晨醒来，从树梢间传来的犹如情人般清脆美妙的呢喃，也随之飞到异乡。

砰！砰砰！

一连串枪声响起。

随着响声，一只只候鸟走到生命的终点。梦想破灭了，候鸟悲壮地栽倒在原野上。

他们是谁？那些可恶而残忍的射手！

候鸟飞走了。

这些为梦想而飞翔的生灵。

翌年的阳春，还会归来吗？

神农山祭祖

山不在高，有圣则名。

远古时代的炎帝神农，在山顶建坛祭天。

在三面凌空的万仞悬崖之上建坛，考古学家称之华夏第一坛。

遥想炎帝率众人登坛祭天的盛景。

今天，没有人再去祭天。

炎帝的后人建了一座更大的祭坛，不是祭天，而是祭祖。

巨大的青铜塑像位于祭祖坛上。炎帝坐着，手捧一捆谷物，慈祥地看着后人。

儿童们奔跑雀跃。数百人组成的身着兽皮、腰裹树叶、脚蹬草鞋、手执耒耜的远古人扮相的方阵，载歌载舞，向炎帝顶礼膜拜。

气氛热烈而又肃穆。宣读拜颂文时，心头突然一热。

刹那间，这位华夏祖先和蔼可亲，如同喊我乳名的曾祖父。

一位终生以民生为己任的仁者。"率天下以仁"，是他留给后人的精神财富。

　　美丽的云阳河从祭祖坛的一侧流过。奔腾的浪花，唱着一首没有休止符的颂歌。

神农山

山水留韵

神农山是一个音乐王国。

山在唱，水在唱，鸟在唱。除了那些在风中一展歌喉的钻天松，仔细聆听，还能听到花开的声、抽芽的声音。山泉像一群顽皮的孩子，总是向妈妈提出无端的要求。鸟语永远是神秘的，在争吵，还是谈情说爱？还有另一种快乐的精灵，神农山的猕猴部落。它们在激烈争斗时发出吼叫声，令美丽的女游客受到惊吓，面色顿失红润。

400多年前，一位叛逆的王子在神农山的林间徜徉。神农山是他父亲郑恭王的封地。他陶醉于山水之音，发现了音律的微妙，首创十二平均律的学说，令世人刮目。

这位生于斯，长于斯，又长眠于斯的布衣王子，成为音乐王国永远的知音。

他叫朱载堉，酷爱音乐甘愿放弃王位的奇人，世界音乐史不朽的巨匠。

不熄的蜡炬

烟雾缭绕着神农山。游客穿行在云雾里。不识来路，又看不清前程。

是因为晚唐一位朦胧诗大师来过这里吗？

年轻的玉溪生曾来此学道。和那位道姑的艳遇，成就了他不朽的无题诗，却给后人留下了一个又一个难解的谜团。

不管天色如何昏暗，不管风雨如何急骤，眼前总似有一簇火光在照耀。哦，那是李商隐的名句：春蚕到死丝方尽，蜡炬成灰泪始干。

穿越了700多年的时间隧道，春蚕依然在抽丝，那根传递着思念的蜡炬，依旧在有情人的心头燃烧。

美人松

人们叫你白鹤松，因为你的枝干洁白犹如仙鹤的羽毛。

其实，你是神农山最出众的美人。

游人不知迈过多少石阶，终于登上山顶的祭天坛时，眼前的奇景令他们疲劳顿消。你的美艳征服了所有人。谁见过遍身银装又怒放碧绿松针的千年古松？植根于悬崖绝壁间，山风吹来，枝干摇曳，仿佛向客人招手问候，又像在向人们讲述生命的神奇与美丽。

美人松，你令未老先衰的意志薄弱者羞惭。

你历经沧桑又永葆青春的奥秘：枝叶里流淌着神农氏的血脉，骨子里充满圣人的精魂。

归玄
来鸟

情人山

　　离开被称为天下第一山的黄山，脑海里挥之不去的是那些爱情锁。像五颜六色的簇簇鲜花，缀满天都峰的绝径、始信峰的四周。

　　每把锁上都刻着情侣的名字，或者祝福，或者箴言。两把锁环环相扣。据说，落锁在路边的铁链上，情侣即把钥匙抛向万丈深渊。用真情书写浪漫，宣示由苍天和大山见证的忠贞不渝。

　　它令每一位游客心动，驻足，俯身观望，也不断吸引着新的加入者。

　　爱情锁上刻着不同民族的文字。与大山一起呼吸，一起脉动。

　　人类的博爱与大山的壮美融为一体。

心潭

游黄龙潭。

其实，只是一家景色秀丽的休闲农庄。遍地黄灿灿的油菜花，颇具皖南风格的民居，成双成对的帅哥靓女追逐拍照，可在池中垂钓，加上无公害的舌尖美味，足够吸引眼球。

对于一个爱较真儿的人，仍感不足。说是黄龙潭，潭呢？

延续了几百年的地名。因为黄沙，大河改道，潭已消失。黄龙潭早已成为传说。

朋友问：黄龙潭印象如何？

我答：眼中无潭，潭在心中。

不死的枯叶

严寒和狂风肆虐，树木凋败。

无意中，一只不死的枯叶吸引了我。仿佛天外来客，骄傲地站在一棵树的高端。

满树的叶子并非一次变天就能落尽。可以想象，该经过多少次与风霜雨雪的搏斗、厮杀、坚守，它才成为唯一的不败者、幸存者。

叶子很小，极像一片红叶。又像一面旗帜、一团火焰。

久久地仰望。致敬。

两棵站立的树

旷野之上一片狼藉。无数棵树木被狂飙刮倒，像那些无助的庄稼一样。唯独不倒的，是两棵并肩站立的树。傲然挺立。

仔细观看，没有丝毫傲然的表情，它们显得自信从容，枝干也并非格外粗壮。

曾经景仰过顶天立地的大树。可眼前两棵并不高大的树，更令我感动。

自然界总是隐藏着许多秘密。是什么力量让它们如此强大？

突然想到一个词：无独有偶。

迷失的云朵

不知何时，能够看上一眼蓝天，已变成奢侈。

突然看到蓝天，心情像只风筝，在城市上空放飞。

在两幢摩天高楼的夹缝中，看到一团久违的云朵，洁白如同棉花。我紧追其后，可无论如何也追赶不上。它像喝醉了酒，步履踉跄，不一会儿，便被袭来的雾霾吞没。

鸦阵

印象中，乌鸦是一种不祥之鸟。

也许因为简单粗放的叫声不够悦耳。也许因为电影镜头的误导，乌鸦常常盘旋在坟地的上空。

看到过它们在树上或屋脊上栖息，羽毛并非全黑，也有灰色、银色和蓝色。因为厌恶，依然被视为单调。

当成群的鸦阵瞬间飞来，落在古堡似的草垛上捕食，瞬间又高歌着飞向蓝天。不仅仅我一个人，而是所有的同行者，都惊呆了。

如此的排山倒海之势，遮天蔽日，极像连绵不绝的游行队伍，变化之神速令人瞠目，伴随着震耳欲聋的口号声。颇有几分恐怖。但很快被凯旋似的英雄气概代替。

此刻，所有的人，都在敬仰远去的鸦阵。

好像刚刚认识这种鸟类。脑海里随即跳出关于乌鸦反哺的传说。

突然觉得，以往对乌鸦的成见，近乎可笑。

蝴蝶泉

在蝴蝶泉边，看不到蝴蝶。

人们争着与金花扮相的白族姑娘合影。

她并非金花。排队合影的人，却幻想着自己是阿鹏。

洱海的背后，耸立着连绵的苍山。

听竹

在春雨之后来到竹海。朋友告诉我，这是听竹的最佳时节。

子夜过后，万籁俱寂。鸟儿入睡了，泉水轻轻地亲吻着石头，像在卖弄风情。

而在竹林，却是另一番生机勃勃的景象。白天默默地从阳光和雨露中吸收的能量，此时一股脑儿向外释放。刺激耳膜的声音出现了：嘭！嘭！一个个新的生命拱破土层露出头颅；咔！咔！已经出土的新笋在甩掉笋壳抽节生长。

我听到了神秘的生命音符，有成长的欢乐，也有挣脱束缚的痛苦。

地下，竹子把根须牢牢缠绕在土层深处。

玄鸟
归来

忘忧谷

　　走进深谷，便走进了童年的梦境。

　　可以冒傻似的疯跑，疯吼，疯玩儿。

　　不用担心劳累，这里有充足的清泉和负离子。

　　不用担心孤独，这里有顽皮的小鸟和跳跃的溪流。

　　那些顶天立地的竹君，像一个个威严的卫兵，时时刻刻守卫着山谷。

　　每个角落里都有滋生爱情的温床。

印着竹影的
石径

　　一条拾级而上的石径，两边是与云私语的竹林。石径通往一片幽深的竹园。500 多年前，一个周姓的少年从竹园中走出，沿着这条石径去求学，去科考，去做官，去立德立言，终成一代鸿儒。他深爱故乡的竹，将书斋取名为"箐斋"，著作也定名为《箐斋录》。

　　这片竹园，被后人尊称为洪谟故园。

　　登上通往洪谟故园的石径，游客不禁愕然。

　　一块块见证了历史又被无数人踩踏过的石头，上面竟印着神奇的竹影。

　　穿越时空的石径，诠释着蜀南竹海的传奇。

十八年的约定

一

十八年前的金秋，从剑门关来到九寨沟，走进一个纯净的童话。

这里的一切，犹如梦境。湖水纯净透明，山林苍翠欲滴，难忘的芦苇、野花、磨坊、木楼、瀑布、雪山、珊瑚、倒影、经幡、篝火、哈达、笑脸……

篝火烤红了每个人的脸。大家吃烤全羊，喝青稞酒，对歌，跳锅庄舞，像在过狂欢节。

火辣，酒辣，歌辣，情更辣。

依依不舍地离别。

村寨的小伙和姑娘说："欢迎再来！"

我爽快地回答："一定。"

二

这句话在脑海里储藏了十八年，温暖了十八年，回响了十八年，成为一个约定、一个梦想。

十八年后的严冬，我从成都飞到九寨沟，走进一个真实的神话。

十八年，中年人已迈入老年，可九寨沟，依然青春。

冰雪中的九寨沟拥抱每一位游客。像一个绝世美女，更换了装束，依然倾国倾城。

三

经幡是九寨沟一道亮丽的风景。

在道路边、村寨口、白塔周围、湖水旁、树枝上，到处都有经幡在飘扬。到来时，它像在问候；离开时，又像在告别。

经幡上都印着经文。风吹经幡，将吉祥吹遍九寨沟的各个角落。每个村民，每位游客，都受到吉祥的祝福。

九寨沟的各个角落，都弥漫着宗教的奥义和神秘。

四

多么美丽的雅称：九寨卓玛——九寨女神。经过网民和专家的遴选，从如云的美女中脱颖而出，成为九寨沟年度形象大使。

微笑天使，温柔天使，知识天使，才艺天使，服装天使。九寨沟的人格化，浓缩了九寨沟的精、气、神。

九寨卓玛成为摄影师镜头里最好的藏女模特，游客们争相与之合影。

在我眼里，九寨沟所有的女孩儿都是卓玛，都是天使。她们饮的是神水，食的是仙果，呼吸的是散播着经幡奥义的清风。

五

珍珠滩冰瀑广场。观看白马藏族的伦舞表演，称得上一次超级享受。粗犷古朴的兽面舞，就像非洲的远古舞蹈，令人震撼。它演绎了白马藏人对大自然的崇拜，诠释了九寨沟神奇的审美密码和人文底蕴。

白马藏人敬畏大自然，认为万物有灵。

这里到处都有神山、神水、神树、神鸟、神兽、神石。

白马藏人像爱护眼睛一样，爱护这里的一切。

六

故地重游，感受是双重的：既有新鲜，又有怅惘。两幅画面，一幅是层林尽染，另一幅则玉洁冰清。

问候这里的每一座村寨、每一位藏胞；问候每一座山、每一棵树、每一块石、每一株莘草、每一泓湖水。

啊，那个古老的水磨坊，依旧在不停地转动，像循环不息的转经轮，向蓝天神秘地诉说。

惊奇地发现，道路上看不到纸屑和垃圾，所有景点都没有商业买卖，甚至连驮送游客去原始森林的马匹也身消匿迹。一切都回到原始生态。

多么想再去访问当年在树正村寨投宿的木楼旅馆，去看看当年举办篝火晚会的广场。令人怅惘，木楼已改为文化超市，篝火晚会已移出景区。

九寨沟重回它被外人发现前的宁静。

七

水是九寨沟的魂。

盆景滩和芦苇海依旧静谧，令人想起水乡泽国的江南。树正群海依旧喧闹，只不过较以往有所节制。犀牛海湛蓝欲泻，卧龙海蓄势将飞。被情侣们誉为"爱情公园"的镜海，依旧平静如镜，期待续写更多的爱情传奇。

九寨沟的海子冬日多不结冰，是高山湖泊的一大奇观。导游说缘于湖底的温泉，我更相信源于山水的爱心。

来自世界各地的摄影家们，选择在五花海举行开机仪式。

五花海是九寨沟的海中之海，其美丽无与伦比。华贵多彩，博大包容，枯树倒在湖水里，经她爱抚，又获得新生，钙化为灿烂的珊瑚。

五彩池像是浓缩了的五花海，格局虽小，却多了一层浪漫。人们说，水色的斑斓来自仙女的口红。

归玄
来鸟

八

大雪为九寨沟披上银装。

排山倒海的交响乐谢幕了。那个被称为"男神"的诺日朗瀑布也中止了歌唱。摇身一变，成为晶莹剔透的冰雕博物园。

珍珠滩冰瀑，藏匿着千万匹沉默的怪兽。沉默孕育着不祥。春天到来时，于无声处听惊雷。

最高深莫测的是长海。长海结冰了。四周是白雪皑皑的雪山，长海一片银白。置身于一个银装素裹的清凉世界，犹如醍醐灌顶。长海的水来自雪峰和四山的流泉，夏秋不溢，冬春不涸。

伫立在长海岸边的老人柏，是一位阅尽沧桑的哲人。一侧的树枝干枯了，却又从另一侧长出新叶。

九

十八年后的严冬，我从成都飞到九寨沟，走进一个真实的神话。

九寨沟用飘扬的经幡向游人告别，意蕴深长。

在飞离九寨沟之时，我写下这样一段话：

常常听到有人质疑：人间尚有大爱？世间仍有净土？

来到九寨沟，答案不言自明。

九寨沟四季皆景。而我，只领略过秋和冬，还有萌动的春和热烈的夏，仍在诱惑我的梦想。沿着梦想行走，终未走出梦想。

心中又有了一个新的约定。

庇护生灵的湖

浩瀚得像一片海。

确切地讲，它只是一个湖，一个可以灌溉几个县的土地，哺育着数百万儿女的湖。

她有一个美丽的名字：宿鸭湖。曾经在湖边栖息的野鸭，如今游向何方？从城里慕名而来的游人，成双结对，在恬静的水面上泛舟，说着只有湖水才能听懂的情语。

一个出现过神迹的地方。

40多年前，这里曾有过百年不遇的洪水。洪汝河上游的水库决堤了，洪水像猛兽一样咆哮着涌进宿鸭湖。水位越过了警戒线。转眼之间，一场特大灾难就要来临。

为减少损失，政府做好了炸堤泄洪的准备。

宿鸭湖博大的爱心感动了上苍。神迹出现了。

雨水突然间停止。水位不再上涨。几百万颗悬着的心，顿时放松。太阳也钻出云层，露出笑脸。

楠溪江，由溪而江

楠溪江，由溪而江，亦溪亦江。

发源于括苍山脉的多叠泉水、瀑布，飞泻而下，借势合流，穿山越岭，蜿蜒向前，直入瓯江，再入东海。

溪水经过，炊烟升起，树木繁茂，人丁渐多，五谷丰登。由东瓯古国的一个小镇，渐渐发展为东晋的永嘉郡。山呼水应，期盼大才子王羲之、谢灵运来当太守。它们怎么知道，王、谢是山水的知音？

曾名瓯水，又名南溪、栝溪、楠溪，由大楠溪、小楠溪交汇而成汪洋，最终由溪而江。

曾经的梅园，曾经的楠林，全都隐藏在时光的背影里。

300里楠溪江，流过36湾，流过72滩，流经千年，依然纯净澄碧，清澈见底。

何等高贵：雍为江身，不改溪心。

永嘉旧事

许多许多旧事，被狂风吹散，被飞鸟衔走，被失忆者遗忘，被一代又一代老人带进天国。

在永嘉，旧事却被神奇地存留。存留于楠溪江两岸，来自中原的南渡移民，建于唐、宋，历千年而不毁的村落里。

古村落或以"八卦"，或以风水学构建，灌以天人合一理念，加之精湛的建筑技艺，留存着宗谱、族谱，记载着村庄的起始、历代宗族的繁衍生息、传承不息的耕读文化。

一个个村名、街名、民居、宗祠、亭台、池榭、书院、楹联、碑塔、风物……无不蕴含着丰富的信息，见证永嘉悠久的历史。

这里，曾经走出 600 余位文武进士；这里，每一位农民，皆能知书达礼。

耕读一体，是每个村庄的命脉、每个家庭的根基。

这里，曾诞生比肩朱熹理学、陆九渊心学的永嘉学派；独树一帜的诗歌流派"永嘉四灵"。诞生过生活气息浓郁，被誉为"南昆北昆，不如永昆"的永嘉昆剧。

归去来鸟

永嘉旧事，被出生于斯的古稀画家赵瑞椿耗费8年寒暑，画进18米的细密长卷。

宋代李氏家族为逃避战乱，从遥远的北方跋涉到永嘉楠溪江畔，在秀山丽水中晴耕雨读，创造新的生活。374个人物，139头牲畜，113只飞鸟，栩栩如生，呼之欲出。

在苍坡村赵瑞椿美术馆观赏油画《永嘉旧事》，如痴如醉。

这是永嘉版的《清明上河图》吗？

不同的是，张择端描绘的是同时代人的市井生活；而赵瑞椿，画的却是千年之前的风土人情。

画家该要做足多少功课，才能准确表达，他对故土、对祖先，入骨的爱恋？

永嘉旧事，清新无尘，亦远亦近。

在楠溪江吃、喝、漂、睹

在楠溪江当了三天贵族。

每日尽情地吃、喝、漂、睹。口福、眼福俱享。

吃楠溪江富含硒的原生态农家菜。也有舶来品：烤全羊。店老板去了一趟新疆，回来灵机一动，把烤绵羊改为本地的烤山羊，膻味全无，只剩满口酥香。只要看一眼停在岭上村江岸几公里长的车辆，就明白慕名而来者何其多了。堪称出之于蓝而又胜于蓝的经典教案。

喝永嘉随处可见的山泉水。喝用山泉酿制的口感醇软香和的瓮装黄酒，还有糯米酒、烧酒、乌牛酒、杨梅酒。

在狮子岩、渡头或二桥乘筏漂流。

坐在筏中竹椅之上，赤脚浸水，浪花四溅，心与江水相融。远眺绵绵青山，近看郁郁滩林，仰望蓝天，偶见飞鸟，宠辱皆忘。身边不时飞过舴艋小舟。天色渐晚，渔火点点，但闻渔舟晚唱，不禁乡愁来袭。顿生遐思：天上？人间？

睹山，睹瀑，睹急流激荡顽石，睹龙瀑仙洞与陶公洞，睹水之湄的芦花轻轻飘飞，睹风，睹花，睹月，睹雨中会变魔术的云，睹万绿丛中一点红。

睹星罗棋布的古村落，以"九天七星"设计的枫林村，以"七星八斗"构建的芙蓉村，以"文房四宝"布局的苍坡村，一门六进士的溪口村，"水如棋局分街陌，山似屏帏绕画楼"的岩头村，有松风水月门台、墨沼生香池塘的埭头村……

在楠溪江吃喝漂睹，只涉山水农舍，无关声色犬马。

楠溪江泛舟

石之桅

在楠溪江游览，不用担心迷向。源自一个天之骄子：石桅岩。

一座擎天巨柱拔地而起、高耸入云，其周边，奇迹丛生。

一柱孤岩，或曰孤峰，却有着神奇莫测的魅力。数座形态各异的峰峦，群星托月般地簇拥着它。

上苍赐予的旗手。千万次风暴来袭，毫发无损。

三面环溪成峡。雄、奇、险、秀、幽、奥，样样俱有。

犹如走进一座迷宫，又像走入一艘航船。

峡中之峡。水清如潭，曲径通幽。水仙洞小巧，双笋峰突兀，观音洞神秘，将军岩奇险。

岁月在巨石上刻出田字，被称为仙人造田。

红军从此经过。一个隐秘的山洞，曾经是红军的哨卡。

每个人都可以成为舵手，前提是，眼睛要时时盯着那根桅杆。

诗村

公元 422 年深秋，一队人马踏着黄叶，从南朝宋国京城建康向永嘉奔来。

车中之人乃东晋名相谢安堂重孙、名将谢玄之孙、康乐公谢灵运。他被降爵为侯，贬官永嘉郡，接任太守。

谢康乐性喜山水，迷恋永嘉山水之美。

在任期间，遍历诸县，写下诸多山水诗，传诵朝野。

永嘉山水因之名扬天下。

康乐公深爱这方水土，迁家人在永嘉居住。

一年后，升任临川内史，携长子长孙随行，仍留次孙陪伴住在永嘉的母亲。

仕途坎坷。在临川放浪山水被对手弹劾，贬谪广州；又以莫须有的罪名获罪，遭朝廷下令斩首。

母亲忧患而死，葬于永嘉。后人在北宋初年迁居永嘉鹤阳村。

谢氏后人继承谢灵运衣钵，诗书传家，耕读继世。

600 年间出现 38 位诗人，以家集诗词流传。

鹤阳村曾被时光尘封的历史终被打开。鹤阳村被冠名"诗村"。

楠溪江成为山水诗的源头、地标。

经谢公诗魂引渡，藏在深闺的永嘉山水，全都变成金山银水。

作者为鹤阳诗村题字

玄鸟
归来

桃花谷

桃花谷,太行大峡谷的第一谷。应四月召唤而来。

奇谷。有山,有谷,有溪,有瀑,有潭,有洞,有倾城倾国貌的桃花云蒸霞蔚。山有峭壁,谷有石径。壁顶蓝天,谷底桃云。一条蜿蜒曲折的桃花溪贯穿其间。号称亚洲第一高瀑布的九连瀑,像演奏着桃花乐章的九阶竖琴。瀑落成潭,潭瀑相连,溪水流淌花香,潭波荡漾桃韵。

来到桃花源,心灵自然被桃花洗礼。被遗忘的浪漫重新拾回。远离喧嚣,远离苟且,远离琐碎,让生命再生,在灿烂的桃花里开放。

谷顶碧蓝的池水里有一块巨石,上刻两个篆字:无欲。像在警示,来到桃花谷,莫交桃花运。

留个念想,没有去看深藏在桃花洞里的桃花仙子。看了真人,有"天下第一面"之誉的桃花嫂子面馆女主人。抑或,这才是真正的桃花大仙。

也许刚刚有过风雨,花落缤纷。古人说:桃李不言,下自成蹊。可不知怎的,此时此刻,心中充满了失落。轻轻踩踏着曾经的"倾城倾国",怎让人不生怜悯?

国王与『梦父』

太行大峡谷峭壁上一处红色庙宇，记载了远古时代国王与宰相的传奇。

3300多年前，商王武丁和奴隶出身的宰相傅说，曾在这里居住。

后人把他们居住过的崖洞，尊称为王相岩。

武丁贵为王子，却没有贵族的高傲，少年时被父亲送往林虑山，和平民奴隶一起生活。他与雄才大略的奴隶傅说惺惺相惜，成为好友。

继承王位后，想起用傅说为相，只因傅说的奴隶身份，无法说服群臣，于是心生一计。他在宫里昏睡三年，突然大笑不止，众人皆惊。武丁说，商朝有救了，我梦见了先王，他给我推荐了一位圣人，名叫傅说，先王说这位圣人定能辅佐我治理国家。

大臣们信以为真，依照武丁指出的方向去寻找，终于在林虑山找到了傅说，把他接到商都王宫。

武丁见到傅说，大喜，立即拜为宰相，并让大臣们尊称为"梦父"。

玄鸟归来

　　"梦父"殚精竭虑，辅佐武丁理政。三年之后，商王朝达到鼎盛，史称"武丁中兴"。

　　王相岩与傅说的雕像，是大峡谷最美的风景。

傅说雕像

梦幻谷

观光车在太行大峡谷的天路上盘旋。惊喜与惊恐交替而生。

时而在云海，时而在悬崖峭壁间。回望来程，亮眼的油菜花梯田，是林州人镶嵌在山腰上的幅幅壁画；缠绕在山间的道路，是筑路工献给大山的条条哈达。

在梦幻谷驻足观赏，见证了大自然的鬼斧神工。

临崖俯瞰，魂悬空中。开嗓高喊，山谷里顿时千军万马。峡谷里的街道，突变为海市蜃楼。

羞女峰？仔细辨认，只是一个酷似男根的石柱。呵呵，男权主义者的幽默。

石砌的大门颇似一座凯旋门。

从门下走过，凯旋者归来。

扁担传说

林州石板岩镇，随处可见用石板充当瓦盖顶建成的房舍，掩映在绿树丛中。

石板不会存水，房舍里的木质不会因潮湿而腐烂，石板房坚固耐用。

住在石板房里的山民，太行山孕育的儿女，开山筑路，引水建渠，身板骨全由岩石打造。

供销社售货员创造了扁担的传说。

一根扁担两个篓，翻山越岭去农家服务。去时挑 100 多斤货物，返回时仍挑 100 多斤收购品。在山间绕行，往返 100 多里。

有人计算过，他们一生中行走过的山路，可以绕地球整整 10 圈。

骑骆驼行走青海道

我要骑一匹骆驼去柴达木，走一趟古老的青海道。

丝绸之路，曾从这里经过。南北朝时期，河西走廊被割据政权占领，南朝与西域的交往，主要依赖南线的青海道。

因为时间久远，已被许多人遗忘。

骑一匹骆驼去柴达木，走一趟古老的青海道。

过日月山、青海湖、茶卡盐湖、德令哈。穿越漫长戈壁，头顶烈日，狂风过耳，翻过巍峨的祁连山，到达甘肃。

骑骆驼行走青海道，以此向打开国门的祖先致敬。

诗城德令哈

金色的德令哈遍地皆诗，应被冠以诗城。

贯穿全城的母亲河巴音河，是让所有人心动的宗教诗。时刻守护城市的柏树山，是庄严肃穆的军旅诗。市西南的可鲁克湖和托素湖，两个有故事的姊妹湖，是两首缠绵的爱情诗。托素湖南岸的外星人遗址，是无法破解的朦胧诗。

民族博物馆，陈列着多民族和谐共生的史诗。

德令哈应被冠以诗城，还因为她对待诗人的深情。

诗人海子去过不少地方。除了家乡，只有德令哈，为他修建了华美的纪念馆。

他的代表作，刻入巴音河对岸的诗歌碑林。

海子在德令哈写下孤独的日记：姐姐，今夜我在德令哈……

海子终身只是一个单相思者，在德令哈，他收获了潮水般温馨的爱。

天下有多少诗人来过德令哈？请翻看海子纪念馆的留言簿。德令哈现在有多少人在写诗？请查看各地的诗歌报刊。

第六辑

MO

SHENG

陌生

曾经熟悉的城市，熟悉的友人，甚至自己，突然间，全都不敢相认。

陌生

无法不面对陌生。

一天到晚，总会收到无数个陌生的电话，向你推销产品，问你买不买房子和黄金。

曾经熟悉的城市，熟悉的友人，甚至自己，突然间，全都不敢相认。

在一场令人捧腹的欢笑之后，你意外发现，自己的丑态被人出卖，刊登在网刊和微信中。那个滑稽的人是我吗？一瞬间，对这个世界，感到彻骨陌生。

也有令人惊喜的陌生。进出小区的大门，全身制服的保安绅士般地向你微笑问候。此刻，突然觉得，自己也在不经意中变成绅士。

暴力美学

　　风、沙子、尘土，与魔鬼合作，制造了暗无天日的乱象。瞬间，太阳隐去，山脉隐去，河流隐去。远处升起蘑菇云。树木和电杆被狂风拔起，建筑物倒塌，农民的温室大棚被撕毁，秧苗倒地。机场关闭，航班取消，火车与汽车停开。美女用头巾把面孔遮掩。四处传来刺耳的杂音。

　　莫非，世界末日正在到来？

　　头发被风竖起，迫使人用力思考：这是上帝的发怒？或是导演的杰作？

　　将朦胧演变为暴力，也可称为美学？

饭桌前谈论自杀者

在一个颇为考究的雅间聚餐。

墙壁上一幅书法的消失引发了话题。书写者是位官员书法家，刚刚跳楼自尽。据说，纪律检查委员会通知他翌日上午谈话，他却抢先选择凌晨向世人告别。

争论颇为激烈，且分为几派。一派鄙夷，认为这是典型的畏罪自杀。另一派高看他，说"死了我一人，保护一大片"。还有一派同情，说赃款如果没收，九旬的卧床老母谁来关照？

这是自杀者始料未及的。

他的"壮举"，成为美食家下酒的作料。

惊悚

无意之中，看到令人惊悚的目光。

一只狗，被锁在豪华轿车的车厢里。隔着玻璃窗，无奈地望着窗外。目光里写满冷漠、费解与孤独。

与狗对视的一瞬，感到彻骨的敌意。

突然想到电视新闻：一只狗拼命反抗它垂暮的主人，搏斗中竟然咬死了老人。

一条街区
马路的蒙太奇

镜头一：三年前

与其说是路，不如称黄土高原更确切。不知从何而来的黄土，将它堆积成高原。高原上出现了坎坷不平的道路。又有人种起红薯和芝麻。在芝麻开花节节高时，路人穿梭其中，享受都市原野的快意。

镜头二：两年前

高原神话般消失，出现一条鸿沟。鸿沟里正在安装粗大的下水管道。

路基两侧一片荒野，考古人员进行文物探测。

玄鸟归来

镜头三：一年前

一条崭新的柏油马路。路面上车水马龙。两边高楼林立。
在宽敞的人行道上，怀旧的人群交头接耳。

鸽棚

公园里人气最旺的一角。有数不清的鸽子在啄食、飞翔。

鸽子们住在鸽棚。童话似的一个竹制的楼阁，像一座精致的别墅。真实的童话，每天在这里上演。

广场是中心，鸽子是主角。白天，主角们在这里演出。报酬是美餐。总有人毫不吝啬地供给。许许多多年轻的父母，或者老人，带着小孩子来到这里。孩子们一边喂着鸽子，一边与鸽子神秘对话，任凭鸽子调皮地站在手上，或者肩头。互不猜疑，互不设防。

夜晚，公园里格外安静。在楼阁里，王子和公主们做着各自的美梦。

来到公园，总喜欢从鸽棚经过。看鸽子在窗口站立或飞出，听鸽子在空中扇动翅膀。

总是伫立许久。傻傻地，任它们一次次把我的思绪带回童年。

追赶

到处是奔跑的人群。沿着湖边、草地边的小径。

看不到有人指挥。全是自愿。

哦，熟人老张。他看到我，笑了，抬抬手，算是打了招呼，继续他的奔跑。我受到感染，步伐不由得加快。

像是在追赶着什么。仿佛不去追赶，将会得而复失。

有一个词

有一个词，说起它会感到脸红。它被曲解过，成为"小资情调"的代名词。

有一个词，曾被遗忘过。一个古老而辉煌的民族，却一时陷入幼稚、狂热、猜疑、隔膜、虚伪、血腥、掩盖、迷茫、孤傲……十年过去了。痛定思痛，她又渐渐地变得清醒、理智、成熟、自信、强大。

有一个词，被一些人滥用，在崇高的名义下，干着罪恶的勾当。

有一个词，能产生无穷的能量。它让沙漠变为绿洲，沧海变为桑田，庸夫变为超人，神话变为现实。

有一个词，直到老年，才悟出它的真谛。它是人生的全部，也是世界的全部。

一位前辈说得好，有了它，便有了一切！

双栖的候鸟

不知何时，时代孵育出双栖的候鸟。

怀揣多国护照和绿卡，东西方都有栖息地。

惠风和畅，候鸟左右逢源，如鱼得水；季节变换，险象环生，候鸟便展开双翅，飞抵异域的安乐窝。

成千上万只双栖候鸟，在拥有百万猎人的天空下飞翔。

奢谈者

整日仰面朝天，无休止地奢谈社会的不公、人类的堕落。

一个天生的演说家。不用邀请。到处都能听到他慷慨激昂的高论。

"完了。彻底完了。我看不到希望。整个社会都堕落了。"

喋喋不休之中，妻儿离他远去。

有一天，他突然感到，他也成为堕落者。

他患了免疫功能丧失症。无法坐立。余生只能与床和轮椅为伴。

拾荒老人

　　一个只能弯腰行走的白发老人，总是在夜晚走出家门，手拎一个袋子，极其艰难地移动脚步，走遍整个社区。只为在每一个阴暗的角落和垃圾箱里"淘金"。几乎风雨无阻。每当我从他身边经过，顿时滋生几分敬意，小心翼翼，生怕会将他撞倒。

　　曾有过询问的念头，却被我自己阻止了。

　　我心里明白，他为什么这样做。

　　渴望能碰到他的家人。可一次也没有遇到。

两种爱情

在社区的公园，多次遇到猫咪的神秘约会。

银色的月光下。一只黑色的猫咪，刺棱一声从身边穿过，藏匿在小溪边的灌木丛里。紧接着，一只白色的猫咪，从另一个方向，悄然进入同一处灌木丛。

婉约的浪漫爱情。可知，它们并没有手机之类的通信工具啊。

当然，猫咪们还有一副面孔。发情期的鬼哭狼嚎，则令人惊心。

我还遇到另一种爱情。狗的求爱堪称火爆。两只宠物狗不期而遇。也许，它们曾有过多次默契。顷刻，干柴碰到烈火。燃烧的情欲，颇令女主人尴尬。

令我大惑不解：她们非但未加制止，反而以欣赏的目光坦然专注。

尴尬的邂逅

并非所有的邂逅都是愉快的。

在洗浴中心，遇到过一次尴尬的邂逅。

无意中看到他，我便友好地寒暄。突然间一张脸变成猪肝，紧接着神秘消失。

颇像一部电影中的离奇情节。找遍所有的更衣室，均不见他的身影。

仿佛一滴水瞬间蒸发。

疑人窥见了他的隐私？

所有来此洗浴的人，并非全都选择暧昧的按摩。

从此，再无见过此人。脑中那一张猪肝脸，却顽固地挥之不去。

湖边蛙声

青蛙的歌唱来自天国。

湖水是透明的。歌声从水底传出，带着水的质感。

这边响起，那边呼应。满天的星星震落在湖水里。

青蛙也讲哥们儿意识？也能心有灵犀？

要不，交响乐似的歌声，怎会如此清脆、和谐、美妙？

寻春

古人说，春江水暖鸭先知。

各人都有自己寻春的方式。

每次来到公园，总是先瞅瞅高地上的迎春。迎春花不开，即便鸭鸭们在水中游得再欢，就不能断言，春天，已经来到。

迎春花常常在夜间开放。

清晨散步，感到一阵惊喜。

一丛丛金灿灿的笑脸告诉我：春天，已经走近。

酒香穿肠，王子归来

轿车穿过庄严的国酒门，眼前突然一亮。

山坡上高大的贵州茅台酒瓶——天下第一瓶，凸现在眼前。

它让我想起百年前的故事。

1915 年，茅台酒在巴拿马万国博览会上展出。

因包装朴素，专家走眼。酿酒师一怒之下摔破酒坛。

坛碎香溢，众人赞叹。最终征服了评委，捧走金奖。

随季节变换颜色的赤水河，从茅台镇中间流过。

两岸的山坡上全是酱香酒作坊。天人互养，散发着高贵的气息。

中国第一酒镇，中国特色小镇……小镇无愧于这些美称。

漫步国酒文化城，探究茅酒之源。

为国酒文化的博大精深肃然起敬，为几代茅台人的信仰与守望肃然起敬。

从"名酒"到"民酒"，从"中国的茅台"到"世界的茅台"，"工匠精神"铸就"茅台高度"。

"酒始于智者，后世循之，以之成礼，以之养老，以之成欢。"

归去
來鸟

　　国酒更是中国智慧之大成。礼乐宴请、国家邦交，何事不用国酒？

　　徜徉于赤水河畔，高悬的酒旗向游人问候，空气里弥漫着酱香味的酒香。

　　不期与肩扛盐包的古盐民相遇，与三渡赤水的红军相遇，与闻千年酒香而来的诗人相遇。

　　曾几何时，国酒有了第二代：茅台王子。

　　诗酒风流，源远流长，今日重演，适逢其时。

　　一杯告慰祖先，一首敬悼先烈。

　　酒魂在燃烧。诗魂在燃烧。美酒生香，诗花绽放。对酒当歌，人生几何。

　　一百年弹指间过去，新时代翻开新页。今日不歌，更待何时？

　　酒香穿肠，王子归来。

青岛风景

青岛，大海的骄子，以风光旖旎著称于世。

而我，与我的同伴，更爱青岛另一种风景。我们来到青岛，首先要做的一件事，是去看望一位老人，一位年逾九旬仍在散文诗田园默默耕耘的诗翁耿林莽。

然后，再去拜访一些令我们久仰的文化名人故居，康有为、老舍、闻一多、沈从文、洪深、梁实秋、童第周、臧克家、王统照、萧军、萧红、陆侃如、冯沅君……他们大多在 20 世纪 30 年代前后客居青岛，又多在青岛大学和山东大学任教。老舍在青岛写出《骆驼祥子》，洪深写出电影剧本《劫后桃花》，梁实秋在此翻译《莎士比亚全集》，萧红写出《生死场》，萧军写出《八月的乡村》……

许多山坡的台阶上留下了他们的足迹。如今，步着先生们的后尘，以虔敬之心追想他们的道德文章，或许，能够在不知不觉中，沾染几分氤氲于这座历史文化名城的人文气息。

然后，登上小鱼山，360 度鸟瞰青岛的红瓦、绿树与碧海。漫步八大关，看看那些有着异域情调的楼阁，重温渐行渐远的往事。

玄鸟归来

然后，脱去尘俗，走进大海，聆听海水微语，在清凉世界里净化心灵。

青岛风景

回澜阁：赏月与听涛

栈桥回澜阁，像一位天外来客，一只来自月宫里的亭阁，飞跃在惊涛骇浪之上。

登回澜阁观海、赏月、听涛，是游人难得的机缘。

赏月当在春夏之夜。万籁俱寂，皓月当空。月宫里似在上演嫦娥的舞剧。突然想起张若虚。再看海水里明月的幻影，茫茫无边，不禁慨叹：婵娟何年初照人？

观澜、听涛，应在某个秋日。大潮来袭，借着风势，潮头形成巨大的涡漩。波澜相互簇拥着、追赶着，像一群又一群高翔的海鸥。只听一阵阵惊人的訇响声拍打着回澜阁。

犹如置身于汪洋中的一条船。

此刻的游人，全都是坚定的舵手。

石老人

　　远远就看到这位"石老人"，走到近处，才知他竟然身高17米。

　　背面是形同子午线的午山。登午山之巅，环而观之，浮山、崂山、石门山，尽收眼底。石老人坐在临海断崖的碧波之中，注目远方，伴着潮起潮落，不知度过了多少岁月。

　　也许有万年之久。

　　随着风浪的侵蚀和冲击，基岩海岸不断崩塌后退，研磨成细沙沉积在大江口海湾，唯独石老人，屹立不倒。

　　经过大自然鬼斧神工的雕凿，石老人成为一个地标，或者，一个象征。

　　相传，居住在午山脚下一个勤劳的渔民，与美丽的女儿相依为命。

　　不料，女儿被龙太子抢进龙宫，可怜的慈父日夜在海边呼唤，望眼欲穿，执着守候。后来，龙王施展魔法，将老人僵化成石头。

　　姑娘得知父亲的消息，痛不欲生，拼死冲出龙宫，向已经变作化石的父亲奔去。她头上插戴的鲜花被海风吹落到岛上，扎根生长，长满野生耐冬花。当姑娘走近崂山，龙王又施魔法，把姑娘化作礁石。从此，父女俩只能隔海相望。

午山脚下，有一个建于明代永乐年间的渔村，名曰石老人村。

历经沧桑的沉默老人，笑迎南来北往的游人，不厌其烦地与大家合影留念。

石老人走进人间烟火。

石老人

天堂中央

　　"上有天堂，下有苏杭"，这是走出国门的民谚。

　　可谁能够说清，天堂的区域有多大？仅指两座城市呢，还是包括了整个区域？

　　看到"天堂中央，湖州风光"，不禁眉开眼笑。这正是我寻找的答案啊。

　　天堂通常只有两个标准：生活富庶，环境优美。

　　古人曰："苏湖熟，天下足。"苏州、湖州一带，明清时被称为天下粮仓。富庶直接带动了商业，"湖州商邦"在全国大名鼎鼎。美丽的南浔古镇即因商而兴。

　　湖州山水皆佳，是难得的宜居之地。元代诗人戴表元名句"行遍江南清丽地，人生只合住湖州"，仍在流传，并由当代人重新诠释。

　　湖州街区，到处都有"在湖州看见美丽中国"的宣传语。

　　这是自信。生活在天堂中央的自信。

菰城怀古

太湖南岸号称七星级的月亮酒店，是湖州地标，江东一张现代名片。

湖州又很古老。有旧石器时代的上马坎遗址、七里亭遗址、银锭岗遗址、合溪洞遗址，新石器时代的钱山漾遗址。有4000多年前夏禹时代的防风古国遗址。防风古国的文字，记载了浙江的最古史事。

湖州是中国瓷器的源头，中国原始瓷的多个遗址出土在湖州。

湖州是中国丝绸的源头，钱山漾遗址发现的丝绸残片可作佐证。

湖州是中国毛笔的集大成者，自古就有"湖颖之技甲天下"的美称。

湖州的"塘浦圩田"水利工程，始筑于春秋战国期间，可与同时期的都江堰、郑国渠相媲美。

湖州是中国茶文化的源头，陆羽的《茶经》写于湖州……

湖州的建城史已有2300年。

楚国公子春申君黄歇被楚王封于江东，为防止越族残余作乱，在南太湖吴国废弃的军事城堡上置菰城县，筑建城池，因"城面溪泽，菰草弥漫"而得名下菰城。这位开城鼻祖，疏浚河道，发展经济，修建了多个城池，造福于民。

而今，完整城池的遗存，只剩下菰城。这是湖州的幸运。

大秦灭楚，置乌程县，沿用菰城为治所。

东苕溪淤塞，菰城日渐式微，汉代迁乌程县于子城内。湖州城分为二重，内城"子城"，外城"罗城"。子城乃秦末西楚霸王项羽所建，亦称"项王城"。

项羽率8000名江东"乌程兵"与秦军作战，后与刘邦争雄，不幸兵败自刎，愧见江东父老，留下一世英名。

2008年，在城建中意外发现子城遗址。

项王公园。西楚霸王身着戎装、手提兵器骑在战马上的雕像，巍然屹立。

站在远古英雄的雕像前，历史的云烟在胸中飘过。

历经千年沧桑，古城文脉未断，依旧熠熠生辉。

不须归

愿为浮家泛宅，沿溯江湖之上，往来苕霅之间。

苕霅二水，是仕途失意者、自谓"烟波钓叟"的词人画家张志和的隐居地。

得知颜真卿任湖州刺史，张志和驾舟前往拜访。

刺史热情款待，交谈甚欢，临别，赠予玲珑蚱蜢舟，以方便在两溪间往来。

张志和写下歌咏西塞山的千古绝唱《渔歌子》，清新天成，音律优美，引来好友皎然、陆羽、颜真卿唱和。

词中"斜风细雨不须归"一语，不幸成谶。

词人酒后在溪上失足，溺水身亡。苕霅二溪，成为词人的灵魂栖息地。

颜真卿惺惺相惜，深情写下《浪迹先生元真子铭》。

西塞山的白鹭在斜风细雨中飞翔，一遍遍吟唱：

不须归，不须归……

寻找『湖堂』

　　来到湖州，牵挂的事有些荒唐：寻找苕溪岸边的"湖堂"。

　　对于湖州，书画家、诗人米元章只是一个短暂的过客。而湖州对于米芾，则是人生的节点。他受湖州知州林希之邀，小住数月，率意书写的两件作品《苕溪诗帖》《蜀素帖》，传之后世，载入湖州记忆。

　　《蜀素帖》末尾，写下他在湖州的居所：湖堂。

　　这是米芾传世书法唯一出现的斋号，让湖州为之骄傲的一个符号。

　　湖州山川，让疯癫的米芾流连忘返。与友人品茗、饮酒、漫游、清谈，不时诗兴大发。

　　900 多年过去了，美丽的苕溪仍在。

　　分别收藏于海峡两岸故宫博物院的《苕溪诗帖》《蜀素帖》，仍在。

　　可书写它们的"湖堂"，则成为一个遥不可及的传说。

第七辑

BEI

YING

背影

背影不是真相，
包含着情感、假想和利益。

背影

当你走过，不再回头，我深知，今后，永远只能看到你朦胧的背影。

直面和回忆不是一回事。

现实有许多场景、细节。回忆却是有选择的：印象深刻的、有兴趣的、美好的，或者可怕的。

背影不是真相，包含着情感、假想和利益。

于是，关于时光，有了不同的版本，甚至成为令人费解的罗生门。

贵人

幸运者一生总会遇到贵人。

贵人常常是意外的、神秘的、隐身的，可遇不可求。

花重金买不到贵人，买的只是变相的商品。

真正的贵人不求回报。

也许，在他出现之前，你，或者你的前辈，已经不自觉地做过别人的贵人。抑或，你的善行，为你种下了贵人。

还有另一类贵人。手段凶狠，欲置人死地而后快。

他们逼你谨言慎行，逼你进步，逼你在一条清醒的道路上奋力飞奔。

落幕

一

在婴儿的啼哭声中，幕布徐徐拉开。当心脏的起搏图像成为水平，大幕瞬间落下。

永难忘怀的一幕：父亲在弥留之际让我紧紧握住他的手。他在安详中长眠。可我觉着，他永远都在醒着。

二

老艺术家的告别演出。多次忘记台词，颇显尴尬，他不停向观众道歉，赢得的却是海潮般的掌声。

一个不事张扬又名不见经传的单身工人。去世后，人们从他的杂物中发现了一些信件，是从各个灾区或个人寄来的，全是捐款收据和感谢信。

一位大演员将美丽永远留在人间。在如日中天时突然息影，独身，隐居，直到几十年后寂然离世。

三

高原上的枯树吸引了我。也许有数千年的树龄，不知见证过多少王朝的兴衰。只有干枯的树干，部分树根裸露在外面，根须已与大地融为一体。枯干的洞穴里长出幼苗，鲜艳无比。

狭窄的小巷，稀疏的住户，高低不平的道路。可就在这道路的下端，隐藏着惊天的秘密。

谁会料到，2000多年前，这里曾是繁华的都市？

四

大幕落下了。观众都已散场。

清场时，发现有一个人依旧坐在座位上。他沉浸在剧中不能自拔。

迟到的信件静静地躺在邮箱里。谁来开启？收信人已在孤独中离去。

五

有形的幕布落下了，无形的大幕却又拉开。

你将无处遁迹。

突然间，我变成另外一个人

突然间，我发现自己变成另外一个人。头发稀疏，目光呆滞，精神恍惚，口齿木讷。

更可怕的是，说不定在某一天，我会患上阿尔茨海默病；抑或，一觉醒来，突然变为卡夫卡笔下的那只甲虫。

哦，当年那个心直口快，坚守良知，有几分血性，从不看别人眼色说话和做事的年轻人，如今，他在哪里？

人在不断的生活挫折中成长。曾几何时，我变成一个温文尔雅的人，一个以静制动的人，一个忘我工作与世无争的人，一个在众人眼里颇为成熟的人，一个有集体无意识基因的人，一个失去自我的人。

我终于明白，我也是赫拉克利特河流里的一朵浪花。已经死去千万次，也重生过千万次。

是的，我还有机会再生。

我坚信未来的生命更真实，更长久。

偶遇

漫漫旅途中，毫无预感：一个不速之客从天而降，向我袭来。

先是惊恐，进而是由衷一粲。一颗似曾相识的苹果。

也许是上帝送来的礼物？

在饥渴中萌生占有的欲望。我吻了它，清香顿时沁入心田。但最终，还是理智地放弃了。

险些误解。信息令人迷惑，不速之客并不属于我。

礼貌地向这颗熟悉而又陌生的苹果告别，继续我未竟的征程。

收藏幸福

幸福常常只是一种感觉。

收藏它，在记忆里，幸福就会永久属于你。

这样，当你失意或孤独时，打开记忆的仓库，幸福就会一遍遍温馨地再现。

暗处

只有身在暗处，才能看清强光下的事物。

可观察过人类的朋友猫咪？猫在捕捉老鼠前，常常隐身暗处。

有人抱怨暗处生活，以为会埋没自己。他们也许不知，周文王正是在监狱羑里城，推演出传世的《周易》；老子隐居函谷关，写出了普世教科书《道德经》；陈景润在6平方米的斗室，完成数学难题《哥德巴赫猜想》。

有人喜欢在聚光灯下频频亮相。才华被放大，缺点也被放大了。一件丑事在无名者身上，也许是小事一桩；因为是公众人物，便瞬间变成公敌。

更多的人满足于平静的暗处生涯。其乐融融。身在暗处，心态却阳光明媚。

一场狂风过后，高大的树木被折断腰身，甚至连根拔起；暗处的那些弱者，包括微不足道的小草，全都神奇地存活。

归玄
来鸟

城堡

　　一座坚实而温馨的城堡。

　　四面都有窗口。无限的景深。天上地下，古今中外，大千世界，尽在其中。

　　在这里，有一个虔诚的乞丐，像一棵微不足道的小草，面对重重高山。但高山从不嘲笑小草。草的根须深扎山间，便有了成长为大树的营养。面对重重高山，乞丐如饥似渴，几近贪婪。

　　他鄙视曾经的少年自卑和目空一切。出于真诚，他结识一个又一个肝胆相照的挚友。在与挚友们默默的温馨交流中，渐渐睿智和富有。

　　他在城堡里哭，在城堡里笑，在城堡里做梦。

　　所剩余年，自由自在的岁月，将在城堡里完成梦想。

　　他视城堡为天堂。他无比自豪。他是天堂的主人。

王者归来

迷失了许久的王者，就要归来了。

他快乐无比，那个踏入归途的汉子。

他从不奢望去当别人的王者。他所有的梦想，只是当一个自己的王者。

即便如此，也难以实现。不能享有自由的人，何以成为王者？

为无谓的会议所困，为伤身的应酬和饭局所困，为自欺欺人的八股文和发言所困，为无师自通的陋习和潜规则所困，为仅为生存需要的差事所困，为回到家中只想倒头入睡所困。

他渴望有一天，由自己来主宰自己，把深埋心底的热爱全部开发，喷射成绚丽的火花。给别人带来快乐，也为自己带来快乐。

这一天，已经来临。

王者，真正的王者，归来了。

回味

回味笑容，回味美丽，回味坎坷，回味痛苦。

回味是隐私，也是人生的艺术。

不求拥有。而回味，是另一种形式的拥有。

狂热时，回味有助于清醒；孤独时，回味是最好的慰藉。大雪纷飞，或可用回味微笑取暖；夜阑人静，最惬意在回味眼神里入眠。

秋天的连阴雨，没完没了，一经回味，太阳会冉冉升起；盛夏烈日当空，灼人身心，回味之间，枯树便布满绿荫。

当然，谁都会遭遇虚荣、傲慢、挫折、误解、无礼，甚至诬陷。谁都会拥有痛苦的回味。当你战胜了自我，跨越了痛苦，再去回味痛苦，会收获成长与成熟的快乐，拥抱柳暗花明后的惊喜。

以笑为食

人的生命中，尤为珍贵的是空气、水和笑容。

空气和水能使生命延续，唯有笑容，能使生命长久。

笑可以播种。春天你播下微笑，秋天就会收获笑容。

笑可以写在脸上。但更多的笑不在脸上，而在心间。

悠然、从容、大度、亲善、率性、随缘、以笑为食。

笑容不灭。一百年后，将会在另一朵鲜花上绽放。

享受阳光

阳光，是上天的赐予。

享受阳光，是人与万物的权利。

向日葵是向阳族的标本：即便扭弯了脖颈，也要死死地仰望太阳。

就连小得不能再小的蚂蚁，也会不失时机地从地缝里爬出，向太阳致敬，接受阳光的洗礼。

阳光里有温暖，有能量，有公平，有博爱。

她是圣经，需要用一生的时间诵读。

那些身陷囹圄的罪犯，放风的时刻直面阳光，或许也能够良心发现。

茶之梦

伴随着采摘姑娘的私语，痛苦地离开母体。

随之，在高温的煎熬中脱胎换骨。

不知不觉中成为商品。命运因此有了多种可能，也就有了大胆的梦想：

与知己者相遇，结缘，亲吻，品味，互赏……最终，在精神上融为一体。

落叶十枚

故事

人的一生，应该有一段故事流传。可事实，并非如此。有人有故事，有人却没有。

有故事的人，被历史铭记；无故事的人，则被遗忘。

山中岁月

难忘山中岁月，工厂尚未建成，野兽依旧称王。住在简陋的宿舍，一边听狼的凄厉嚎叫，一边枕月而眠。

在蒙蒙细雨中登山，穿云破雾。面对山谷长啸，俨然一个隐士。

小路

常常忆起，许多年前的一条小路。两人默默无语，却能听见彼此的心跳。

岁月之尘已将故事掩埋，细节之神，却又将其复原。

灵魂伴侣

有些微小的生命，被遗忘在时光之外。

大山一隅，人迹罕至之处，一束枯藤，紧紧缠绕无叶的古树。

突然想到，元好问笔下那只殉情的孤雁。

死结

相爱的人，因他人挑拨，变为仇敌。他想解释，却被粗暴顶回。从此结下死结。

死结伤害了三个人。最终，都被带进坟墓。

雪崩

雪崩，没有征兆，却暗含杀机；它是外力与内力共同作用的结果。

外力是重力对积雪的拉引，内力则是压抑的雪花，在追求"自由"时的极致释放。

洞口

登上山头，才发现山峰之间，似乎总有一个或多个洞口。

站在洞口眺望，瞬间茅塞顿开。这是大山的赐予吗？以便我们能够窥视对面的世界？

王子

妙龄女子都在寻找心中的白马王子。她们去繁华世界里寻找，最终找到了金钱的奴隶。

真正的王子，常常隐于闹市，拥有一个孤独的世界。

人生即戏

人们常说，人生如戏，戏如人生；而现实，人生即戏，戏即人生。

人人都是演员，人人都是观众。你嘲笑别人，尴尬的将是自己。

春心

春天很短，春心很长。它藏在片片叶子里，经历苍翠、枯黄、飘落，甚至腐烂。

在大雪覆盖的死亡之地，奇迹般萌生嫩芽。

玄鸟
归来

一个人的编年史

一

1949 年秋，中华人民共和国诞生二十天，一个幼小生命，在远离唐河县城的虎龙王村，呱呱坠地。

从此，他有了终生的宿命：共和国同龄人。

诗人胡风说，时间开始了……

二

1950 年春，当过乞丐和佃户的父亲，有了新的身份：村主任，区政府工作员，县公安局干部……

他因父亲的身份，摇身一变为国家干部的子弟。

三

1965 年秋，身着工装，成为工人阶级的一分子。

走进山区，践行国家战略"备战备荒为人民"。

四

1972 年春，在伏牛山的南麓，一个工友为他写下赠诗：

为何厂里节日浓，五更锣鼓催人醒；山水歌唱欢送谁？推荐时代大学生……

五

1974 年秋，一个大学生在中国共产党党旗下宣誓。

从此，他有了终身不变的信仰。

六

1977 年秋，从未登过舞台，他竟然胆大包天，主演话剧《于无声处》，沉闷的山间响起惊雷。

1978 年秋，发表平生第一篇"豆腐块"，无意间开启人生的

玄鸟归来

一次远航。

七

1979年秋，是机遇垂青，还是巧逢机遇？

他由偏僻的工厂进入省会，成为一名文字编辑。

哦，这就是孔夫子所言"三十而立"？

30年之后，他扪心自答，无愧于这个"立"字。

八

2011年夏，办完退休手续，如释重负，他把荣誉证书一一封存。

王者归来，多年的梦想向他招手。

一个青春期结束了，

另一个青春期，正式开始。

九

一切都会衰老，但时间不会，它将过往凝固，打通未来之门。

2019年秋，中华人民共和国迎来70华诞，同龄人进入古稀之年。

生命的音符像嘹亮的鸽哨，响彻蓝天。

青春，仍在继续。

幽谷

只有山涧溪流的私语。偶尔传来几声清脆的鸟鸣。剩下的，便是你我的心跳。

刚下过雨，黄灿灿的迎春花挂满了晶莹的水珠。不知是什么花儿，散发着诱人的馨香。

四周弥漫着轻纱般的雾霭。在雨水洗涤过的石径上，不自觉地走进梦境。

此时的游客为何不见踪影？

周围的世界一片模糊。

莫非，这就是两人世界的伊甸园？

我们默默地走着，走向幽谷的深处。

也许有一种向往或期待，在彼此的心头一掠而过，却始终只是美好的意念。

在春雨滋润过的地方，相思草在悄然生长。

河流的变奏

　　原本一碧万顷，一瞬间，便神奇地变化着面孔。

　　风乍起，吹皱一河春水。渐渐地，水成鱼鳞状，用瓦叠成的屋顶，松树的树纹，人的泪痕，蜿蜒起伏的山坡，发光的项链，微笑的眼睛，跳动的火焰……

　　突然间，无数个问号排阵而来，波浪做着蹦极跳的游戏，一会儿骆驼的背，一会儿变色龙，一会儿刺猬头，海豚跳着狐步舞，蝙蝠漫天飞行……

　　一个骑兵旅奔驰而来，腾起的尘埃挡住了视线。一只大船翻倒在漩涡里……

　　像一把巨大的无弦琴，河流演奏着千古不变的主题：时光。

笼中鸟

　　一边是笼中鸟，一边是树林中自由飞翔的鸟，两者似在对唱。

你猜猜，谁唱得好听？

出人意料。笼中鸟：婉转，清丽；自由鸟：霸气，单调。

自由鸟总是在追逐着爱情，不厌其烦地重复着同一个曲调。

　　失去自由的鸟，默默地把爱藏在心底，终于修炼成音韵丰富的

歌唱家。

不吃『嗟来之食』的麻雀

麻雀曾被严重误解。在人们饥肠辘辘时，它分吃了人类并不充足的粮食。于是，它被当成害鸟，欲以全民除之而后快。

麻雀飞翔在农田、丘陵和山脚平原地带的灌木和草丛之中。在有人群集居的地方，城镇、乡村、河谷、果园、庭院，都会看到麻雀飞来飞去，观望，觅食。

麻雀无独有偶，或成群结队，很少独来独往。活泼，好奇，胆大，却时刻保持着警惕。麻雀落在窗台上，叽叽喳喳与同伴对话。察觉有人走近，便瞬间飞去。

麻雀一年能吃上万条害虫。有一些吃害虫的鸟，像鹦鹉、八哥之类，被人类驯化成宠物鸟，给人们带来欢乐，自我也开始膨胀：吃米而不吃虫。

麻雀无法驯化，它宁可饿死，也不吃"嗟来之食"。

该
来
的

迟
早
会
来

并非为了赌气，只为一个崇高的理想。

你不仅站在技术之巅，同样站在思想之巅、道德之巅。

那么，明枪暗箭一起来吧。人生即战场。该来的迟早会来。

默默地做足功课，目标只有一个，这件事非你莫属。

当别人急欲置你于死地，你已到达山巅。

玄鸟归来

相册

打开一个个尘封的相册，看到许多个久远的世界。

仿佛开通了时光隧道，许多宝贵的历史瞬间，在这里重现。

幽梦重温，远航重启。少年、青春、梦想、拼搏、失落、渴盼、追悔。一些场景令人惊讶，被颠覆的记忆在此还原。

一次次黯然神伤，一次次热血沸腾，一次次肃然起敬。

相册令消逝无踪的人得以永生。

大山情思

一

我思念大山……

那些难忘的梦境啊，将永远清晰地印在我的记忆里。

我梦见自己是一片白云，在群峰之巅飘呀飘，像一团藤萝，紧紧地拥抱着树干，再大的狂风也不能吹散。

我梦见自己是一棵小草，生长在悬崖峭壁之上，虽然微小得不屑一顾，内心却充满了骄傲：因为我所有的根须，都连着山的心脏……

我，是大山的儿子。

归去来

二

想到这里，我的脸上有些发热。

好像有一个声音责问：你配吗？

你的性格里有没有大山的遗传因子？你的血管里有没有大山的殷红血浆？

大山永远都是胸怀坦荡，从不遮掩，这是他最宝贵的品格——真诚。你呢？

大山永远都是巍然屹立，从不屈膝，即使发生十级地震。你呢？

站在山的面前，我感到羞愧。我有过虚荣，也丧失过尊严。

然而，正因为我是大山的儿子，我渐渐变得成熟起来。

三

我曾经长时间在大山的怀抱里生活。

逝去的那些岁月啊，给了我多少美好的回忆！

我常常在山涧旁漫步，听流水不倦的私语，去感受大山那遥远的故事；我也常常踏着坎坷的崎岖小径，登上山巅，去饱尝"一览众山小"的诗意。

啊，我的祖国！只有借助大山的膀臂，我才更加感受到你的辽阔和美丽。那绿地毯一样的原野，那九曲回肠似的小溪，还有那跌宕起伏的丘陵和小山，多么像刚刚耕翻过的土地……

四

在山里生活我几乎不知道什么叫饥渴。到处都有美味的佳肴——山果，那是大山的无私馈赠；我饮的是山泉，那是大山用汗水酿造而成的酒浆。

为什么我常常面带醉意？那是因为贪饮山泉太多的缘故啊……

五

人人都说，大山严峻。

是的，我也这么认为。他严峻得就像一位父亲。但是，他一点儿也不呆板。他是怎样的一位活泼的老人啊！

他酷爱音乐。他几乎每日都在拨弄着琴弦。有时，像涓涓流水的私语；有时，像滔滔巨浪的怒吼……他那飘逸的歌声，使人沉醉；他那高亢的旋律，令人激奋。

他也酷爱绘画。他几乎每日都在挥弄着画笔。他从不使用一种颜料作画，凡是能真实地表现自然美的色彩，全都使用。他也从不拘泥于一种画法，凡是能真实地表现大自然精神的，全都尝试。

他严峻得像一位父亲。但同时，又是怎样一位活泼的老人啊！

六

他有着博大的胸襟。他的爱从不附加条件，也不乞求回报。

他在姑娘们的头上插上鲜花，姑娘们显得更加秀丽。

他送给小伙子们一支支竹管，让他们用笛声去呼唤心中的恋人。

在这里，每一块石头，每一株树木，每一棵花草，都是大山身上不可分割的一个细胞，一根神经。

是天上的星星多呢，还是大山的鲜花多？

谁也说不清。我看到，凡是能够开花的生命，都在这里生根。连那不屑一顾的小花，也在这里骄傲地盛开。

大山说，只有这样，才能真正显示出世界的和谐与美丽。

七

初进大山，就为他的巍峨和雄伟震慑了。心里有些胆怯，我能登上主峰吗？

我和伙伴们一起登山。

到了中途，严峻的考验果然摆在面前：道路断绝了，脚下是万丈深渊。

有的伙伴退却了。怎么办？

大山沉默不语。

我听见他长叹一声。那意思是说：志在顶峰的人啊，怎能在半坡上停留？

就像被人猛击了一掌，我又继续攀登。

八

我思念大山……

那些难忘的梦境啊，将永远清晰地存留在记忆里。

大山哺育我成长。

可我一直在想：是谁，再次塑造了我的灵魂？

心灵栖息地

一生行走许多地方，但，总有一个村庄如影随形。

一生曾有多个身份，只有一个身份终生不变：农民的儿子。

回到故乡，参加亲人的葬礼。聆听响彻寰宇的唢呐声，我一直泪流不止。

这是世上最亲切的乡音。

沧海总会变成桑田。人总要归入泥土。

终有一天，亲人们会在虎龙王的泥土里，找到我。

第八辑

XUN

ZHAO

寻找

人最宝贵的东西是生命，生命属于人只有一次……

普希金的国度

在俄罗斯，到处都有普希金的身影。

普希金生于莫斯科。莫斯科市区和近郊，有 100 多处诗人的纪念地。阿尔巴特街，有他与新婚妻子的青铜雕像、曾居住过的蔚蓝色的楼房。特维尔大街，有普希金广场。莫斯科最大的造型艺术博物馆，以他的名字命名。

圣彼得堡的皇村，有他就读过的皇村学校。俄罗斯诗歌的太阳，从这里升起。许多年前，这里已改称普希金村。当年的决斗场，也已成为纪念地。在他逝世的周年纪念日，总会有人从各地赶来，向他献花，朗读他的诗句。

圣彼得堡莫伊卡河岸 12 号，普希金公寓博物馆。公寓中书房的时钟，停留在 14 时 45 分，他去世的一刻。

沙皇不喜欢诗人的自由思想，将他流放。流放，怎能改变诗人热爱自由的天性？只会令他更加成熟。他在流放地写下：假如生活欺骗了你，不要心焦，也不要烦恼，阴郁的日子里要心平气和，相信吧，那快乐的日子就会来到。一切都是瞬息，一切都将会过去；

归去来鸟

而那过去了的，就会成为亲切的怀恋。

　　他的诗句如同阳光，将无数颗同胞的心灵照亮。

　　普希金诞辰 200 周年，俄罗斯隆重纪念，称之为"普希金年"。

　　俄罗斯有过无数豪杰，它却将无冕之王的桂冠，慷慨地授予一位诗人。

　　在圣彼得堡的大街上，看到高悬着的普希金诗句。

　　清醒意识到，我已来到普希金的国度。

皇村的普希金塑像

寻找

到访新圣母修道院公墓，只为寻找。寻找久仪的偶像，献上心香一瓣。

一个巨大的雕塑墓园。俄罗斯各界精英的风采，在此展示。无数幕历史壮剧，在游客心头上演。

这里有太多的陵墓。只能手持鲜花，耐心寻找。

哦，终于找到果戈理的墓地了，石棺后面是高大的半身雕像，眼神清澈，又有几分疑惑。他望着前来致敬的每一个人，又像在注视多变的世界。

令他疑惑不解的是，他的出生地和长眠地，竟然成为两个争吵不息的国家；而变相买卖死魂灵的罪恶勾当，100多年后仍在上演。

契诃夫的墓地别具一格，墓碑酷似一间屋顶。也许因为他是剧作家？他和妻子奥尔珈在旁边的一块石板下安眠。契诃夫终生行医，他用手术刀似的文字解剖社会和人生。

尊敬的大师，你可知道，你的小说《万卡》被选入中国的语文课本，感动过此刻正在瞻仰你的读者？

奥斯特洛夫斯基的黑色墓碑高大庄严。上端有他的侧面浮雕像，脸部清癯，失明的双眼凝神远方。一只手放在书稿上，另一只手支撑着病体。墓碑下方有一块黑色大理石，上面放着雕刻的骑兵战刀和一顶军帽，表明了他的身份：作家兼战士。

他的名言如雷贯耳：人最宝贵的东西是生命，生命属于人只有一次……

墓园，短暂人生的休止符，永恒精神的发射场。

奥斯特洛夫斯基墓碑

英雄

一个国家，总会选择某个地方，使其成为象征。

莫斯科选择了红场。

俄语的红，不仅仅表示颜色，还有美丽、鲜艳之意。

有着九个金色圆顶的波克罗夫教堂前，有民族英雄米宁和波扎尔斯基的雕像。红场的中心，是苏联缔造人列宁的陵墓。克里姆林宫红色的宫墙下，有苏联领导人的公墓。宫墙之上，安放着数百位杰出人物的骨灰。红场北端，矗立着苏联英雄朱可夫元帅身骑战马的雕像。

红场是举行阅兵式的地方。

1941 年 11 月 7 日，法西斯大军兵临城下。身着戎装的红军将士雄壮威武地走过红场，接受领袖检阅，直接开赴战场。四年后的同一日，英雄们在此举行阅兵式，庆祝卫国战争胜利。

红场一侧的宫墙外，是无名烈士墓。墓碑上的长明火昼夜不熄。墓碑上刻着：你的名字无人知晓，你的功绩永世长存。

新郎新娘在婚礼的日子，都要到无名烈士墓前献花，这已成为莫斯科人的习俗。

　　紧挨着无名烈士墓，是 12 个镌刻着苏联英雄城市名称的石碑。

苏联解体了，这些城市分属多个国家，但英雄的历史被永远留存。

　　在红场漫步，处处置身在英雄之中。

红场无名烈士墓

童话中的阁楼

坐落在美丽的莫斯科河畔，与克里姆林宫隔河相望。

远远看去，像一幢俄罗斯童话中的阁楼。

美术爱好者，来到莫斯科而不到此一饱眼福，会抱憾终生。

几个世纪来顶级大师的杰作，在这里陈列。革命者的意外归来，惊恐的伊凡雷帝杀子，基督现身人间，高贵的无名女郎，近卫军临刑的早晨，大河边永恒的安息，奇丽的第聂伯河之夜，惟妙惟肖的伟人肖像……

站在既熟悉又陌生的杰作前，心灵被一次次冲刷。

富商收藏家特列季亚科夫，倾尽毕生精力和财力，建立一座珍藏本民族杰作的美术馆。他在生前立下文件，把自己以及已故兄弟的价值连城的收藏，一并捐献给政府，向公众开放。

而今，受益者来自世界各地。

走出童话中的阁楼，面对那尊留着长须的绅士雕像，颔首，致敬。

托翁墓园

头顶飞雪，来到托翁的墓园。

一个棺椁形状的土丘。没有十字架，没有墓碑，更无墓志。

土丘被白雪覆盖，上面摆放着鲜花。

旁边的大树，由少年托尔斯泰和哥哥栽种。他相信了一个古老的传说，亲手植树之地，会有幸福降临。他嘱咐家人，死后埋骨于此。

为了享受自由和坚持独立，竟然在82岁的高龄离家出走，令世人惊愕。

那些肃穆挺立的树木，像一个个忠诚的卫士。飞舞的雪花，可是上帝送来？

微风轻拂，万籁俱寂。伟人气息，无处不在。

来此凭吊的人们，无不感到震撼。

这是世间最美的坟墓。——奥地利作家茨威格曾在此驻足，说出此言。

从此，再没有比他更好的表述。

永恒之城

置身古罗马斗兽场的看台，恍若隔世。

罗马最具地标性的建筑。角斗士用性命相搏的地方。

有多少达官贵人，在这里狂欢？又有多少奴隶和兽类，在无奈的拼杀中丧生？

最值得罗马骄傲的建筑，也是最耻辱的标志。坐在看台上起劲欢呼的人，与兽类何异？而舞台中央被迫的出演者，全都是悲剧中的英雄。

斗兽场走出过一位著名的角斗士：大名鼎鼎的斯巴达克斯。为了改变命运，获得自由，他以坚定意志和军事才能，领导了声势浩大的奴隶起义。起义最终失败了，斯巴达克斯也壮烈牺牲，但他的壮举深刻影响了整个人类。

1000 多年后，他成为德国青年马克思的偶像。

近 3000 年的建城史。古罗马帝国在此诞生。

古城区，酷似一座巨大的露天博物馆，使人依稀遥想其昔日风采。除了斗兽场，还残留帝国元老院、凯旋门、记功柱、万神殿、

努姆广场、恺撒广场、奥古斯都广场、图拉真广场等遗址，像一尊
尊奴隶制时代的活化石。那些幸存的精美建筑和艺术精品，堪称文
艺复兴的标本。

　　曾经的欧洲中心，条条道路通罗马。

古罗马斗兽场

安妮公主的罗马

《罗马假日》热映，人人心中住进一位美丽公主。

罗马城多了几分浪漫，也多了一个"导游"。

来到罗马，安妮公主的影子无所不在。

宁可排长队，仅仅为了把手伸进那个有故事的"真理之口"，那张老人的圆脸一点也不可怕，反而带着几分温馨。

在西班牙广场的台阶上坐上一会儿，慢慢品尝着冰激凌，效仿的一定是公主的范儿。

背对许愿池投出一枚硬币，为一个深藏不露的心愿。

出于功利心写出价值不菲的独家文稿，最终却心甘情愿地放弃，记者乔的转变，出自对安妮公主纯洁无瑕的爱。他明明知道，这桩爱注定是有缘无分。

灵魂之恋，一日胜过百年。

还有男主角蜗居的马格塔街 51 号公寓，电影的主要情节都在这里完成。原本默默无闻，一夜之间成了罗马城最知名的门牌。为追忆两位巨星，游客纷纷前来打卡。

玄鸟归来

当游客离开罗马，会默默回味着安妮公主说过的话：

"罗马，当然是罗马！"

安妮公主的饰演者赫本

艺术之都

梵蒂冈城，也叫梵蒂冈城国。

住在城里的人不足 1000，其中有一个教皇，兼任国家元首。

来到梵蒂冈城，惊叹圣彼得广场之大，广场可以容纳 50 万听众。惊叹圣彼得教堂的庄严富丽。这里原本是耶稣弟子彼得的墓地。耶稣受难后，彼得偕众教徒从巴勒斯坦启程，西行万里，来到罗马传教。后被罗马皇帝所杀，葬于此地。300 年后，在彼得墓地建立了小圣彼得教堂。又于 1506 年重建，历时 120 年完工。

是宗教之国，更是艺术之都。

对于非教徒的游客，不远万里来此，是为目睹世上天花板级别的建筑、雕塑和绘画。

圣彼得教堂，文艺复兴时期罗马建筑艺术的代表作。120 年间，米开朗琪罗等 10 位建筑艺术大师，担任过教堂的设计师。教堂内的大理石雕塑《圣母哀痛》震撼人心，是米开朗琪罗 24 岁时的杰作。加上贝尔尼尼雕制的高达 29 米光芒四射的青铜华盖、圣彼得镀金宝座，并称教堂三宝。

梵蒂冈宫有举世闻名的西斯廷小教堂，米开朗琪罗用四年时间在架子上仰脸作画。观赏者同样需要仰脸，观看其杰作《创世纪》和《最后的审判》。惊叹艺术精湛之余，不能不为大师的忘我情怀所感动。

梵蒂冈博物馆拥有 12 个陈列馆和 5 条艺术长廊。全是数不胜数的稀世珍品。英年早逝的天才画家拉斐尔的《雅典学院》，大概是人们驻足时间最长的巨制。三个世纪的圣哲，全都聚集到一个场所，且有不同的个性，诠释出古希腊辉耀古今的人文景观。作为对先贤大师的由衷敬意，作者本人也在画作中露面。他躲在一个不显眼的角落里，需要仔细辨别。而认出他，会感到说不出的惊喜。

同样是洗礼。艺术的洗礼，心灵的洗礼。

梵蒂冈广场

想起伽利略

　　比萨是意大利一座千年古城，古城内的中央教堂广场遐迩闻名。

　　教堂一侧的钟楼，被称为比萨斜塔。广场也被称为"奇迹广场"。1987年，整座广场被确定为世界文化遗产。

　　斜塔是罗马风格建筑的典范。斜而不倒的优美造型在全世界独一无二。

　　围着斜塔观赏，想起一个人：科学家伽利略。

　　1589年，比萨大学讲师伽利略，在斜塔顶端做了自由落体实验。

　　当天，他带着助手和两个铅球，攀登到塔顶。两个助手同时放开手中的铅球，重量不同的铅球，出人意料地同时落地。

　　一个无情的实验。在场众人目瞪口呆。

　　实验，推翻了亚里士多德1000多年前的论断。新的自由落体定律随之诞生。

　　这一年，伽利略25岁。

威尼斯的一声叹息

一艘艘豪华邮轮驶向水城威尼斯。

不同肤色的人群登陆码头，顺着"人流大道"，拥向市中心圣马克广场。

脑海里突然闪出早年读过的莎士比亚讽刺喜剧《威尼斯商人》，高利贷者夏洛克，因设计"割一磅肉"契约，欲想损人最终害己的故事。由此记住了地名威尼斯，梦想某日能来此地一睹风采。

这一天不期而至。

与圣马克广场的鸽子嬉戏。参观市政厅和教堂。观看水晶玻璃厂的工匠表演。乘贡多拉小船在各岛之间的水道间穿行。导游说，威尼斯共有 108 个岛屿，400 多个桥梁将它们连成一体。

每座桥都有历史和故事，唯独记住了叹息桥。

叹息桥建于 1603 年，由法院向监狱押送死囚的必经之路。因桥上死囚的叹息声而得名。

一座外观十分奇怪的桥，过桥的人被完全地封闭在桥梁里。桥的左端是威尼斯共和国法院和总督府；桥的右端是重犯监狱，一个封闭的石牢，粗粗的铁栏杆封闭着一个不见天日的地狱。

重罪犯被带到地牢中，经过这座密不透气的石桥，只能透过极小的窗口看一眼蓝天，发出不由自主的叹息。

叹息桥上走过多少人，谁也说不清。最著名的人物当是意大利人卡萨诺瓦。他被告发从事巫术诈骗活动关进大牢。后串通难友巧妙越狱。他在晚年的回忆录中描述了坐牢的经历，外界方知威尼斯有如此一座别致小桥。

令叹息桥扬名的是英国诗人拜伦。他政治上失意，愤然离开祖国，来到威尼斯一住就是三年。拜伦在诗中写道："我站在威尼斯的叹息桥头，一边是宫殿，一边是监狱。""叹息桥"一词从此见诸书刊。

历史在一座奇怪的石桥上沉淀。

在贡多拉小船上远望叹息桥，听到威尼斯的一声叹息。

作者游览威尼斯

人体公园

一

挪威王国首都奥斯陆的西北角，有一个世界最大的人体雕塑公园，占地455亩。天才大师维格兰，娓娓讲述着人生的故事。

192座裸体雕塑，650个裸体浮雕，全都在850米长的中轴线上。主题只有一个：生命。

四个乐章组成雄浑的交响乐，震撼着来自世界各地的游人。

二

穿过草坪，徐徐迈上生命之桥。

小河旁与石桥栏杆上的58座青铜雕塑让人目眩。儿童天真烂漫、年轻人活力四射、爱侣热恋相拥、父母疼爱与严厉、老人晚年寡欢……人世间多姿多彩的生命情态，跃然其间。

《愤怒的小男孩》更让人赞叹不已。因愿望被父母忽略而发怒、大哭、挥拳、顿足，神态惟妙惟肖。一只小手被游客摩挲得锃光发亮。据说摸一摸男孩儿的小鸡鸡，便可怀孕生子，求子者个个心切，将其小鸡鸡抚摸得金光闪闪。

三

走过石桥，来到公园的中心：生命之泉。

一泓池水中的四座巨人用力托起石盆，盆中涌出的泉水沿盆边洒落池中，不间断地循环，犹如蒙上一层白纱。水池外沿围圈矗立着20座依生命树而息的青铜男女，人树一体，颇有道家哲学的意蕴。

四

跨过数十级台阶，到达公园的最高处：17米高的生命之柱。

维格兰和他的3名助手，历时14年完成。

柱上密密麻麻交叠着121个神情不同、首尾相接的人体浮雕。他们不满于人间生活，奋力抗争，盘旋着向"天堂"攀登。

36座花岗石雕塑环绕，与生命之柱形成鲜明对照。

这些都是踏实地生活着的人，不追求虚无缥缈的幻想。他们为爱欢乐，又为爱悲伤，用爱心贯穿生命的始终。

五

中轴线的尽头，矗立着生命之轮的铜雕。

两对男女和三个孩子手脚相连，构成一个圆环。

生命周而复始。人类生生不息。

六

雕塑是写实的，又是象征的，耐人咀嚼品味。

无论男女老少，全是赤身裸体。没有阶级与阶层的区分、贫富贵贱的差别，从诞生到死亡，是其共同的宿命。每一个雕像都有自己的故事。从呱呱坠地的新生婴儿到灯枯油尽的老人，从年轻羞涩的少女到成熟健壮的男人，交织成生命的伟大与尊严、命运的无奈与痛苦。

冰冷的石头和金属，被赋予鲜活的生命。

没有人看到"性"，看到淫秽。

感受到的是生命的本真、美丽、善良与责任。

七

公园大门一侧，有一尊身着工作服、手持锤子和凿子的男人雕塑，这是绅士维格兰的自刻作品。雕像的台座上刻着：GUSTAV

生命柱

VIGELAND（古斯塔夫·维格兰）1869—1943。

木匠之子。自学成才，20岁成名。1909年，受罗丹大师启示，他向政府提出一个"狂妄"要求："给我一片绿地，我要让它闻名世界。"开明的挪威政府慨然答应，将弗洛格纳公园归他使用。

花费40年心血，创作了近千件人体雕像，分布在公园中。维格兰的诺言实现了：他以天才与良知，征服了世界。

1943年，维格兰在完成工程后疲倦离世。市政府为致敬雕塑大师，将原先的弗洛格纳公园，命名为维格兰人体雕塑公园。

维格兰站立着，谦恭地，问候每一位过往的游客。

常败将军

在赫尔辛基的曼内海姆大道上，矗立着被人戏称为"常败将军"的曼内海姆的雕像。他骑在马上，挥着战刀，自信地看着远方。

每个路过这里的人，都会慢下脚步，向他张望。

在两次芬俄战争中，芬兰都以失败告终。但是，作为军事统帅的曼内海姆，依然赢得人民的尊敬。虽然结局早已注定，但仍要顽强一拼。

一个弱国、小国，敢于和一个强国、大国抗争，这就足够了。

不以胜败论英雄。一个战败者，在人民心目中，依然是英雄。

这就是芬兰。

一个只有 500 万民众的芬兰；一个保持独立见解的芬兰。

归去来兮

西贝柳斯公园

一座开放的没有围墙的公园。一边是树林，一边是大海。

大音乐家西贝柳斯立在岩石上沉思的雕像，时时刻刻看着他的芬兰：被绿树环绕的芬兰，被海浪拍打的芬兰。

起风了。云在歌唱。白浪在和鸣。

那个由 600 根银白色不锈钢管组成的，好像一架巨型管风琴，又像瀑布似的抽象雕塑，发出了奇妙的和声。

它们一起演奏着，西贝柳斯作曲的芬兰国歌，雄浑无比的《芬兰颂》。

摇篮

一艘巨大的邮轮，航行在波罗的海的海域上。

皓月当空。蓝天如洗。

邮轮摇摆着向前行驶。游客在有节奏的摇摆中缓缓入睡。

他看见一位有着博大胸怀的母亲，手推着一个巨大的摇篮，嘴里哼着催眠曲，哼着，哼着，直到婴儿在甜美的笑意中沉入梦乡。

高棉微笑

　　吴哥古城巴戎寺石雕群中最著名的一尊。不，应该是四尊。你从四个方向看，都能看到它高深莫测略带忧郁的微笑。

　　比蒙娜丽莎的微笑更神秘。

　　可以有多种解释。人面？佛面？皆可。

　　以佛教的解释，它代表了慈、悲、喜、舍四种无量心。巴戎寺是国王举行加冕仪式之地。雄视四周的微笑，保佑着王朝的安危。

　　柬埔寨古代匠人的杰作。仅仅使用几块不同几何形状的巨石，连接在一起，便诞生出令人震撼的生命。

　　是这样一种微笑：自你看到它的那一刻起，便注定会终生难忘。

　　它如此淡定。在与人世隔绝的 400 多年里，它依然优雅地微笑。

　　惊喜地发现，在整个柬埔寨，微笑随处可见：在两代国王的画像上，芸芸众生的面孔上，儿童、少女、老人和红袍僧侣的眉宇间。

　　它已成为柬埔寨民族的标志，传递着无比温暖的精神信息。

缠绕心灵的根

看过塔普伦寺，最难忘的不是寺院，而是高入蓝天的树木，和那些裸露在外部紧紧缠绕着神庙的根。

而今，它又紧紧缠绕着游客的心。

寺院已有 800 多年的历史。真腊王朝贾亚巴尔曼七世国王为孝敬母亲，特为母亲修建的。寺内供奉着一尊"智慧女神"，据说是依照国王母亲的形象雕塑的。

有一座奇怪的"回音塔"。用力拍一下胸脯，立刻听到塔内四壁浑厚的回音。这是母子间神秘的心灵感应？

塔普伦寺毁于战火。像吴哥古城一样，它被绵延不绝的荒草丛林覆盖。400 年后的一天，它又神奇复出。

树和神庙已融为一体，动一发则会伤及全身。法国人放弃了整修，保持了寺院残垣断壁的原始模样。

这些空心树，起初只是几粒毫不起眼的种子，几百年后，却成为寺院的贴身卫士。当地人称它们为蛇树，暴露的根茎格外强壮，能插进石头的接缝，蟒蛇一样盘绕在古建筑之上，庇护寺庙，相依共存。

　　是谁创造了这神奇的丛林童话？诠释了人世间最伟大的情感。

　　母爱？孝心？神意？

缠绕心灵的根

残缺之痛

在巴黎卢浮宫，看到过断臂的维纳斯。人们说，这是残缺之美。

在吴哥古城，看到遍地是残缺的石门、断墙、石像，也有断臂的女神，可是，我从中怎么也看不到美。

是的，我的确也看到了美，且令人震撼：举世闻名的高棉微笑，吴哥寺圣洁的莲花佛塔，飘然欲飞的仙女雕像，长达 800 米精妙无比的浮雕回廊。但是，它们都不属于残缺之美。

吴哥古迹的大多建筑已成废墟。当年完整的王城，那些永远消失了的宫殿、神庙，只能靠有限的联想去补充。

走出吴哥，看到活生生的残缺。

一个残疾人的演奏团在路边演出，乞求施舍。他们原本都是健康人，在田间劳作时误碰了地雷，成为无辜的受难者。

我感受到揪心的残缺之痛。

历史的残缺和现实的残缺在此相遇。

它们都源于同一个恶魔：战争。

湄公河畔

浩浩荡荡的湄公河在流经金边时似乎放慢了脚步，它想亲吻这座典雅美丽的都市。

当年，国王放弃了吴哥，寻找侵略者不易到达的避风港。于是，找到了金边。

金边两度成为新的国都。但它再也无法重现吴哥王朝曾有过的辉煌。

金边声名鹊起是在18世纪法国人到来之后。他们视金边为新的家园，要把金边建成一座具有异国风情的东方巴黎。他们做到了。金边享誉南亚半岛。

但是，柬埔寨的苦难命运并无改变。

来到湄公河畔的河滨大道。黄昏的河岸是金边一天最惬意的时刻，凉风习习，水阔天宽。

华灯初上，沿着河滨漫步。熙熙攘攘，车水马龙。可以看到几幢破旧的欧式建筑。令我惊异的是，那些在露天餐馆一边享受美食，又一边享受着湄公河美景的人，全是清一色的金发碧眼。大多是一些颇有贵族遗风的老人。他们望着河水，神情忧郁。也许，还在续做半个世纪前殖民时代的残梦？

不时碰到沿街乞讨衣衫褴褛的柬埔寨人，还有战后幸存的残疾人。

一个多灾多难的民族。几十年过去了，内战留下的创伤仍在眼前。他们才是真正的主人。美丽的河滨大道，本该是他们可以尽情享受的风光啊。

参观了金碧辉煌的王宫和金边的多处名胜，并没有一处令我特别动心。而在河滨大道的所见，却令我心潮难平。突然想起一句孩提时代就会背诵的古诗：

遍身罗绮者，不是养蚕人！

巴肯山日落

日落也是一种景观。

也许因为名句"夕阳无限好，只是近黄昏"的影响，中国似乎没有风景区开辟如此景观。而在柬埔寨的吴哥，观看巴肯山日落，则是游客的必选。

巴肯山位于吴哥城南门外，一座不足 70 米高的山丘，因山顶建有吴哥王朝首座国家寺庙而著名。山虽不高，攀登却颇费气力。

登上山顶，极目远望，吴哥王城及周围寺庙群，尽收眼底。

山顶全是游人，有站有坐，目光都朝着一个方向。夕阳用它神奇的光束，把寺塔和游人染成金黄。

看不到任何的伤感。游人个个兴致勃勃，不像赏景，更像是朝圣。

日落不是谢幕，意味着更加辉煌的新生。

周达观传奇

一

19世纪一个震惊世界的考古发现：消失了400年之久的吴哥古城，又重现人间。

只因一本书，一本看起来微不足道的书，一本中国人写的书。

1296年，温州人周达观出使柬埔寨，一年后回国。他将在柬埔寨的见闻写成《真腊风土记》一书，记述了吴哥王城的壮观、真腊国的盛世风情。

二

吴哥古城的神秘消失，至今仍是一个未解的谜。

战争？瘟疫？溃逃？都是猜测。没有任何历史文献可以佐证。

历经 400 年建成的辉煌的吴哥城，在 14 世纪毁于一旦，被掩埋在茫茫林海之中，神秘消失了。

16 世纪末年，暹罗人攻占了新的王国中心洛韦城，吴哥时代的所有国家文献，悉数被毁。从此，吴哥便成为历史的空白，记忆的碎片，一个遥不可及的幻梦。

三

详细记载吴哥时代王城的文献，仅存《真腊风土记》。

法国探险家带着法文版《真腊风土记》，按照书中所述的地理方位，冒着被野兽吃掉的风险，终于在一片原始森林之中，发现了吴哥古迹群。

在他看到吴哥寺的一刹那，仿佛发现了一座金山。他惊呆了，兴奋得几乎昏厥过去。

"即使古希腊、古罗马遗迹，在它面前也显得黯然失色。"

四

法国人为此项发现而骄傲。

柬埔寨人为曾有过的辉煌而骄傲。

全世界为这座无与伦比的露天石雕博物馆而骄傲。

印度教、佛教为拥有最大的神灵栖息地而骄傲。

中国人为《真腊风土记》而骄傲。

吴哥古迹进入"东方四大奇迹",每天有数以万计的游客参访。

柬埔寨人在吴哥为周达观修了一尊铜像。

游客躬身,献上敬谒先贤的一缕心香。

周达观铜像

天堂梯

　　吴哥寺的中心，有一处高耸入云的神庙，要抬头仰望才能一睹尊容。

　　一段天梯般的台阶。台阶的名字颇具诱惑：天堂梯。

　　台阶的宽度只能容下半个脚掌，再加上 70 度的陡坡。

　　到了神庙，就意味着登上天堂了吗？

　　羡慕那些勇敢的攀登者。限于时间和体重，只好选择放弃。

　　问一位刚从神庙下来的游客："感觉如何？"

　　他苦笑着看了我一眼：

　　"全身都软了。不上吧，后悔；上去了，后怕！"

水上渔村

洞里萨湖在吴哥古城一侧，被柬埔寨人喻为母亲湖。这是东南亚最大的淡水湖，柬埔寨著名的鱼米之乡。

乘船在洞里萨湖上采风，是一次奇妙的经历。

人在游船上欢笑，畅怀；鱼在碧波中跳跃，嬉戏。

湖中的渔村，色彩各异，像一面面升起的帆，在阳光下异常艳丽。屋基是深扎在水中的几根木桩，地地道道的空中楼阁。渔民的生活，浪漫，也有几分艰辛。

游船为渔民带来福音。

小船追逐穿梭于大船之间。小船上坐着出售水果和鱼类的少男少女。渔民在转瞬之间闪入游船，向游客售完商品，又飞侠般跳回小船。

像看一场精彩的绝技表演，游客们个个惊叹不已。

这是超然的生存智慧。渔人与鱼，都相忘于江湖。

玄鸟归来

不消的烟雾

看过一个景点，车子在符拉迪沃斯托克一块高地上停下。

"休息一刻钟。我有一个请求，请抽烟的朋友下车到外面……"俄罗斯的中文导游笑容可掬地说。但他的笑容很快收敛，变得难看、尴尬。

原以为车上都是文化人、绅士。他想错了。他的话多余且可笑。

人们我行我素，抽烟，高谈阔论——仿佛一群聋子。不一会儿，满车厢烟雾缭绕。

我坐在最后一排，不抽烟，但吸收的尼古丁最多。

我不愿意相信这一幕，但我目睹了这一幕。十几年过去了，它依然清晰地储存在记忆里。

很快，烟雾把视线挡住。但我并未在烟雾里迷失。

我的表情此刻比导游更加难看，也更加痛苦。

鲜花的笑脸

XIAN

HUA

DE

XIAO

LIAN

鲜花里有宗教，有哲学，有爱语，有许多慰藉心灵、战胜自我的奥秘。

鲜花的笑脸

谁说鲜花只属于春天？一年四季，鲜花一茬接着一茬盛开。

在河岸，在山间，在公园，在人迹罕至之处，常常被惊艳的鲜花拉回少年。

一月，花中雅客水仙花散发着淡淡的清香；高洁的梅花令人想到傲骨。

二月，嫩黄的迎春花向人们传递早春的信息；娇羞的杏花向有情人探头观望。

三月，桃花前的求爱者排起了长队；高贵的玉兰花不肯向凡人屈尊；繁星似的樱花让众人陶醉；丁香前多是愁肠百结的少男少女。

四月，富贵的牡丹花力压群芳；带刺的蔷薇花注目着行人；漫山遍野的杜鹃花热烈奔放。

五月，撩人的石榴花展示着成熟的美丽；暗香扑鼻的栀子花让游人止步。

六月，贤德的兰花高洁淡雅，文人们偶遇兰章，以交兰友。

七月，香远益清的荷花回头率最高；追寻阳光的葵花带给人希冀与梦想。

八月，桂花释放出醉人的气息，似在告诉人们，贵人将到。

九月，菊花吸引着志同道合者。它已从陶渊明的乡间走向城市，成为城市的优雅名片。

十月，纤细纯洁的芙蓉花展现出平凡中的高洁。

十一月，山茶花、芦花让人联想到风骨与谦美。

十二月，在雪花漫天飞舞之时，蜡梅确立了与众不同的位置。

一生中或无缘遇见昙花绽放、铁树开花，但热烈的月季、长春花，羞涩的扶桑花，常开不败的四季海棠、牵牛花，如痴如醉的百日红，总是常在眼前，向你微笑。

阴谋和丑陋也许永远不会绝迹，但它们在鲜花面前总是黯然失色。

每天都会看到鲜花的笑脸。

鲜花里有宗教，有哲学，有爱语，有许多慰藉心灵、战胜自我的奥秘。

梅花简史

3000 年前，一位官员遭受贬谪，流放南方，写下哀怨之诗，被孔丘编入《诗三百·小雅·四月》。

诗人途中所见："山有嘉卉，侯栗侯梅……"

这是梅花最早入诗，开启了中国诗人历久弥新的梅缘。

南北朝时期，出现了第一波咏梅热。

"迎春故早发，独自不疑寒。""江南无所有，聊赠一枝春。"

诗人将梅花看作春天的象征、友谊的使者。

唐朝才俊宋璟，科举失意，看到卓尔不群的梅花，写下《梅花赋》，一举成名。

后任"铁石心肠"宰相，将梅花精神贯穿一生。

咏梅诗词在两宋时期达到高潮。

隐于西湖孤山的林逋，一生未仕，终生以梅、鹤为伴，人称"梅妻鹤子"。

"疏影横斜水清浅，暗香浮动月黄昏"。梅的玉姿神韵与人的清逸高雅融会，引起士人共鸣，"惹得诗人说到今"。

陆游爱梅，一生写梅花诗 160 余首。

"零落成泥碾作尘，只有香如故"，梅花与大地融为一体，唯幽香不灭。是梅魂，亦是自况。

"何方可化身千亿，一树梅前一放翁"，济世情怀，日月可鉴。

元代诗人、画家、隐士王冕，爱梅成癖，植梅千株，画梅、咏梅，自号梅翁。

他咏《墨梅》："不要人夸好颜色，只留清气满乾坤。"这是人生态度，不向世俗献媚。

他咏《素梅》："冰雪林中着此身，不同桃李混芳尘。"一黑一白，品格高洁，异曲同工。

"雪满山中高士卧，月明林下美人来"，乃明代诗人高启咏梅神句。

梅花化身雪中高士与月下美人，高冷与美艳，暗喻安处孤独的凛然个性，即便于黑夜林中，也照样熠熠生辉。

今人毛泽东，一反古人旧意，一阕"俏也不争春"，唱出时代最强音。

待到山花烂漫时，她在丛中笑！

无愧"四君子""岁寒三友"的殊荣。

千年梅花，绽放出一部中国特色的精神史。

痴情蒲公英

童年的梦幻，跟随一顶金色的小伞，寻觅远方。

一阵风袭来，梦想顿时无影无踪。

看似无影，实则有踪。她落在某个地方生根，梦想继续。

人们说你的爱无法停留，这完全是错觉。

你是农民的至爱。生长在高低不平的田畴上，陪伴他们劳作，分享他们的欢乐。灾荒时，你充当食粮，减轻他们的痛苦。

多年后回到故乡，来到先祖的墓地，惊喜地看到久违的蒲公英。

曾给我带来远方的童年玩伴，已经深深植入农人的骨髓。

谁约了海棠

一次奇遇？还是宿命？

清晨，多情的鸟儿将我唤醒，以免延误了期待中的远足。

童话似的一泓湖水，清澈透明。有天鹅，也有鸳鸯，成双结对，畅游其中。簇簇游人在湖畔漫步、赏花，享受春天的赐予。

不经意间，一片花海出现了。那是海棠，迎风峭立的花仙子！

顿时，眼前电光闪耀，几乎将人击倒。

夜雨过后，仙子更加妩媚、娴静、高贵。

海棠花，解语花。

此刻，我明白了苏东坡陆放翁们何以激赏。

女神范儿来自自信，来自骨子里的脱俗。

此刻，惺惺相惜的感应油然而生。

海棠花，断肠花。

她让人在痴迷中坠入乡愁。

海棠树下，坐着一个少年，满怀愁绪，望着远方发呆。

归途中，我也像那个少年，久久地看着蓝天。

一个问题在脑海里盘旋：是我约了海棠？还是海棠约了我？

冥冥之中，似有一线相牵。

一饱眼福足矣，心灵感应足矣。既然心中拥有，岂在朝朝暮暮？

最美好的情愫总是隐藏在心中。它滋润你的心田，让你丰富，让你优雅。

用无言的约定走向未来，直到地老天荒。

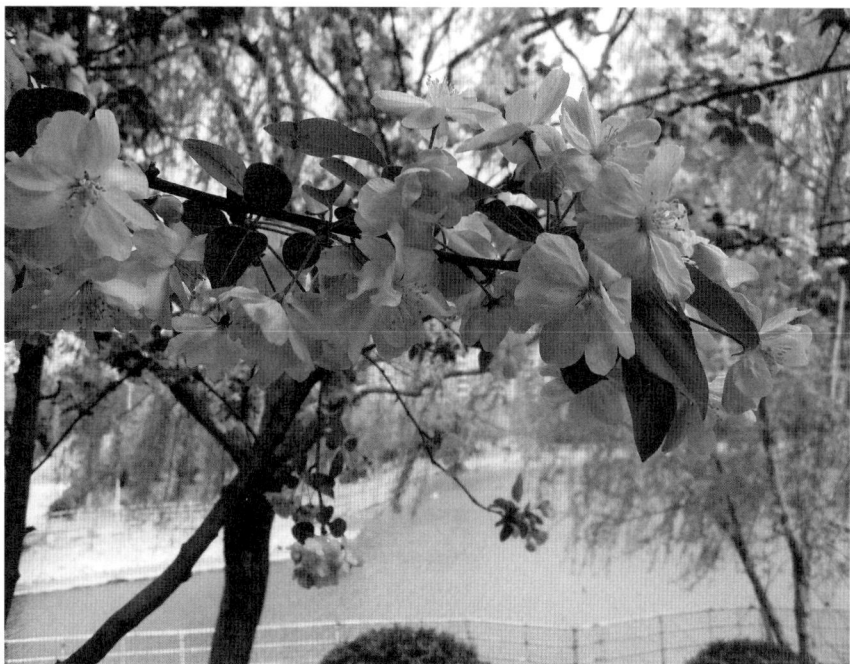

海棠花，解语花

玄鸟归来

多面桃花

《诗经·周南·桃夭》，开花喻美女的先河。

"桃之夭夭，灼灼其华。之子于归，宜其室家……"

面如桃花的女子出嫁了。德色双美，一切美好将接踵而至。

嫁给息国君主的美女息妫夫人，容颜绝代，被誉为桃花夫人。

息夫人外有桃花之貌，内有梅花之骨，让息、蔡、楚三国国君为之疯狂。她为拯救息国，委身楚文王，但对息侯的爱始终不渝，甘愿以死成全。

她的安眠地被尊为桃花夫人墓。花虽凋落，其香如故。

唐代书生崔护到长安赶考，郊外春游，不料在桃花掩映中的农家，上演了一场魂牵梦萦的艳遇。才子佳人相约，翌年在桃花盛开时再见。可是，一年后才子再来，寻寻觅觅，只见桃花，不见佳人。

一首绝句心中跳出。他从窗棂取出笔墨，将其题写在紧锁的房门上："去年今日此门中，人面桃花相映红。人面不知何处去，桃花依旧笑春风。"写罢抱憾而归。

书生夜不能寐，几天后再访，终得神仙姻缘，度过幸福一生。

一首诗穿越千载，让生活传奇，让崔护不朽，也让世世代代的读书人，在人面桃花的海洋里追逐梦想。

诗豪刘禹锡，颠覆了对桃花的认知。

作为革新派的要员，他遭到顽固派高官发难，被贬出京城。十年后奉诏回京，看到朝廷依然是保守派的天下。玄都观本无桃花，如今是一片灿然，游人如织。愤而在墙上题诗："玄都观里桃千树，尽是刘郎去后栽。"

暗含讽刺的题诗让他二度遭贬。十四年过去，正直的政治家出任宰相，他受到重用，重返京城。诗人不改本性，又到玄都观题诗："百窗中庭半是苔，桃花净尽菜花开……"

刘禹锡笔下，桃花也是人面，但面目可憎。一旦时空改变，"梅花"消失，趋炎附势的游人也跟着绝迹。

从此，人们看待梅花，多了一个心眼。

榴花红似火

不与群芳争春。众花谢幕之后，石榴花出场了。

花红似火，在绿树枝头点燃，烧红了五月。

风是热的，面孔是热的，年轻人的心在躁动。

街上流行起红裙子，可是在与榴花斗艳？

成双结对的青年男女，在石榴树下互诉衷肠。

有人在低吟民歌：石榴花开红似火，我爱你来你爱我；年轻人多得像细沙，为什么偏偏爱上我？……

血染虞美人

　　无数个绿臂托举起虞美人花，若蝴蝶飞舞的海洋，向2000多年前的一位烈女致敬。

　　色彩缤纷，柔情百转。白色高傲，红色妖媚，粉色妖娆，紫色慰藉，无一不是美人魂魄。

　　由丽春花、舞草、百般姣终至虞美人，花名之变，倾注了对虞氏美人的缅怀。

　　从此，虞美人花，只为虞姬一人独享。

　　四面楚歌。霸王无颜见江东父老。荡气回肠《垓下歌》，吟之一曲肠断。

　　美人心有灵犀，帐中饮酒舞剑，高唱和歌，倾国倾城顿时倾身。

　　血肉之躯，化出旷世名花。

　　古今佳丽数以千计，谁有名花作后身？

麦冬，不死草

常常被误为杂草而遭人清除。

白居易的成名作《古原草》，可包含它谦卑的身影？

麦冬又名不死草，应该属于野草的族群，具有"野火烧不尽，春风吹又生"的天性。

它奇特的根部自古就是珍贵的中药，叶与花却常常被人忽视。

时光是个魔术师，它让许多不可能变为可能。

麦冬不再寂寞，实现了逆袭。因为它四季常绿，叶子与高扬的花茎都可观赏，终被园艺师请进一座座不断扩张的城市。

它出现在不计其数的公园、居民小区、河的两岸，成为人见人爱的风景。

经卷里的芦苇

　　面对瑟瑟秋风中的芦苇，隔江而望，陡生莫名的感动。那支古老的谣曲，犹在耳边：蒹葭苍苍，白露为霜。所谓伊人，在水一方……

　　她在何处？江水中间？某片沙洲？某个小岛？

　　逆流而上，又顺流而下，不管道路如何曲折险阻，一次次寻找，一次次失望而归。可望而不可即，看到的只是缥缈的身影。

　　逝者如斯夫。伊人宛在，相思未已。

　　鸿雁飞过，歌声里透出悲凉。

　　蒹葭摇曳生姿，美人头一夜落雪。

归去来兮

快乐每一天

院内一个偏僻的角落，惊喜地发现一丛夺人眼球的鲜花。

从未见过，也说不出名字。许是花工刚刚移栽？

私心大发，挖出一棵植入阳台花盆。奇怪，几个月过去，花朵依然鲜艳。

一场大雪过去，再去无名花处造访，看到花与叶全都枯萎了。

室内，因为暖气的缘故，让我在无意之中救活了它。

得知它名叫长春花，心中无比激动。还有一些别称，诸如日日春、日日新、四时花、长寿花，个个名副其实。

只要在家，每天都会走向阳台。一朵朵硕大又美丽的长春花看着我，仿佛在对我说：先生好！快乐每一天！

这是隐秘的花语。我的心情，顿时阳光灿烂。

只为报春

众芳之中，谁配称春天的使者、青春的化身？报春花，非你莫属。

身材矮小，总是在不引人注意的旷野和沟壑边生长，遍布各地的高山与草原。

在万物冬眠时开花，又以 390 个面孔，报告春天的多彩。等到万物复苏，夏日到来，你却坦然独自凋谢。年复一年，岁岁如此。

灿烂的笑脸展示着青春的浪漫。不悔的凋谢诠释了生命的美丽。

曾经多年无缘于《群芳谱》，而今被公认为天然名花。花中真君子，何曾被遗忘！

注：中国是报春花种类最多的国家，全世界有 500 余种，中国有约 390 种。

不以花容争春

一个矛盾的命名：无花果。既然无花，何来果实？

亦有别名：映日果、品仙果。仍无花字。

其实有花，只是花朵甚小，被宽大的叶子遮蔽。花期也在暮春之后。

宁可被人误解，也不以花容争春，只求甜而不腻的仙果传世。

孤傲的仙人掌

有人说你是仙人树，又有人说你是仙人扇。性格孤傲，内心却很"仙子"，无叶无枝，却有花有果。

无需上苍恩赐雨露，荒漠野岭都能生长。无论严寒酷暑，葱如碧玉，面不改色。盛夏花开，黄白相间，妍丽无比。不与群花比俏，甘作藩篱守护众芳。

似手掌，上面却长满尖刺。是在自我保护？

20世纪的文字悲剧：一位现代诗人赞赏你的个性，不幸被你的"满身刺刀"所伤。

玄鸟归来

杏花变奏曲

　　杏花娇容三变，由最初的红，而粉，而白，殊丽璀璨，暖香宜人。

　　春秋战国以降，三个耀眼的光环接踵而来：杏坛、杏林、杏园。

　　《庄子》载，孔夫子在一处杏林为徒弟授业。孔子后人在监修孔庙时，除地为坛，环植杏树，名曰杏坛。杏坛者，圣坛也。这是杏花的殊荣。

　　东汉末期道医董奉在庐山行医，免收费用，让病者种杏树代之，十年后蔚然成林。人们用杏林称颂医生。医家每每以"杏林中人"自称。

　　唐代神龙年间，凡科考进士及第的学士，都被邀请参加曲江杏林游宴，成为"杏园客"。"杏园"从此衍生为金榜题名的代称。

　　幸运者总是少数人。贾岛多次落榜，哀叹道："杏园啼百舌，谁醉在花傍？"

　　曾几何时，因为诗吟红杏，杏树有了新的雅称：风流树。

　　失意士人叶绍翁去园林赏春，不料柴门紧闭，抬头望去，惊喜地看到伸出墙头的红杏，虽未进园，依然领略了迷人的春光，兴奋地吟咏："春色满园关不住，一枝红杏出墙来。"

红杏出墙，原本是充当春天的使者，却被曲解为生性风流。

更有甚者，才子宋祁因一句"红杏枝头春意闹"，被人戏称为"红杏尚书"。

红杏诗流传千古。杏花不解：这是自己的不幸呢，还是大幸？

红杏出墙

野客蔷薇

依墙蔓生，亦名蔷薇。心有野性，多在野外、路边、田边和丘陵地带的灌木丛中疯舞，人称野蔷薇，雅号野客。

汉武帝时代，蔷薇已在上林苑栽培。一日，武帝与宫女丽娟在园中赏花，见蔷薇对他微笑，便说："此花绝对胜过美人的笑啊。"

丽娟戏问："笑可以买吗？"

武帝答："当然可以啊。"

于是，丽娟便取出黄金百斤，作为买笑钱，供武帝一日之欢。

"买笑花"，从此成为蔷薇的又一个雅称。

诗人对蔷薇的爱，莫过于白居易。论数量，他是写蔷薇诗的冠军；论情深，更是无人能比。

赴某地任县尉，尚是单身贵族。在野外看到蔷薇，情有独钟，便挖了一株栽在自己的院内，且赋诗一首："移根易地莫憔悴，野外庭前一种春。少府无妻春寂寞，花开将尔当夫人。"

戏言乎？真心乎？公然以花为妻，白乐天堪称历史第一人。

　　蔷薇喜爱阳光，浪漫是她的天性。蝴蝶、蜜蜂排队与之亲吻，她总是来者不拒。但对于某些鸟类，则另当别论。

　　黄鹂整天飞来飞去，不停地唱着肉麻的情歌，却不敢与之接近。它的枝上长满了刺，专门对付这类纨绔子弟。

序曲

盼望看到春花盛开，那是春天的标志。

其实，刚入小寒，已经有花开放，奏响了春天的序曲。

蜡梅在腊月开放。蜡梅花蜡黄，唐代以前，常被人称为黄梅花。又只在山间野外惊艳，被视为山野杂木。

苏轼与黄庭坚为蜡梅正名。

东坡云："蜜蜂采花作黄蜡，取蜡为花亦其物。"黄庭坚著文专论梅花与蜡梅的区别。

宋人有闲情逸致，爱花养花赏花蔚然成风，"野客"从山野走进城市。宋朝尚黄，蜡梅备受喜爱。

蜡梅并非梅花家族的一员，更没有梅花的多彩与声望。她是腊月的时令花，在严寒中最早传播春天信息，又比梅花香气浓烈，让人顿生敬意。

踏雪在河畔漫步，眼前凸现一树金。闻香忆旧，忘情大喊：野客！黄梅花！

国色

"唯有牡丹真国色"。

刘禹锡眼力够毒。牡丹在盛唐的首都长安受到追捧，1000年后，也曾是国花。

连傲慢的西方人都承认，牡丹是土生土长的华夏花卉。远古时期野生于西北部山区。士人生活清苦，常常砍下木质花柄当作柴烧。他们渐渐发现此花尚可观赏，至隋唐，竞相种植，取名牡丹，与芍药分称。

"国色朝酣酒，天香夜染衣。"这是唐代诗人赠予牡丹的雅称，不承想，竟成为千年不变的名片。

大才子李白奉诏赋诗，"一枝红艳露凝香，云雨巫山枉断肠"，借牡丹极言贵妃之美，内隐嘲讽的密码，最终丢掉了官职。

士人演绎的传奇故事：

女皇武则天冬天去长安御花园赏雪，下令园内百花盛开。众娇娘听命，唯牡丹不从。女皇帝大怒，将数千株牡丹花贬至洛阳。莫非是上天的眷顾？牡丹移此地生根，有了更加适宜的水土，个个出落得无比艳丽。

至宋代，"洛阳牡丹甲天下"的美称不胫而走。

牡丹被塑造为"仙子"。每年四月，国家级的牡丹花会，吸引百万计游客接踵观赏。洛阳戴上一顶"世界牡丹之都"桂冠。

国色，中国之色；仪态万方，令所有爱美之人着迷、心动。

国色，健康之色；可以药用，是病菌的克星，能让幽灵逃回坟墓。

国色，全民共赏之色；百姓心目中的幸福花、富贵花。

国色，中国人的脸色；落落大方，不卑不亢，柔中带刚。

含羞草，心灵的镜子

花很可爱，像一个个粉红色的绒球儿，可人们，更喜欢你的叶。

叶子美而神秘，像一围绿色的百褶裙，一旦有人触动，便会收缩闭合。

总是亭亭玉立。你是长不大的少女吗，永葆一颗含羞的心？

甘与杂草为伍，谦卑低调。

一面心灵的镜子。

惺惺相惜之人，从你的身边走过，默默地行着注目礼。

啼血杜鹃

一个感人的传说：远古时期，蜀国爱民的望帝，下野后托生于杜鹃鸟，在春天日日鸣叫："不如归去，不如归去！"直至啼血。

啼出的鲜血，滴落在山野，化身为杜鹃花，又名映山红。

一个神奇的国度。为了爱，人宁可化身为鸟，鸟又啼血为花。

白居易盛赞："花中此物是西施。"

飞翔的杜鹃鸟依旧在空中布道。

漫山遍野的杜鹃花书写着春天的壮丽。飞霞流丹，缤纷璀璨。

花中西施，好日子的缩影。

游人的心头回荡着委婉深沉的歌声。

杜鹃花瞬间化作猎猎作响的旗帜。

勿忘我

我是林间河中开着蓝色小花的一株野草，被时光遗忘。

直到某日，偶然遇到一位骑士与恋人在河畔散步。看到了我，欲将我采摘到手，献给恋人。他冒着生命危险探身采摘，不料失足掉入急流之中。

自知无望，便高喊一声"勿忘我"，将我扔给恋人，随即消失在水中。

骑士的恋人将我佩戴在发际，表达忠贞，寄托怀念。

从此，世上有了一个浪漫的名字勿忘我，并有了身价。

"勿忘我"成为恋人间互赠的礼品。

当你收到爱人的馈赠，可曾想到过敝花的身世？

湖边迷路的

野菜

盛夏，百花多已凋谢，只有我，在湖边，在沼泽地，孤独地开放。

有人说，我是湖边迷路的孩子。

是的，我迷路了，更糟糕的是，还跌进了水里。

骨折，爬不上岸，幸运还有一口气。

生命为何不能在水中绽放？

有人说我是水柳。我的叶子颇似柳叶。

事实是，让人迷恋我的不是叶，而是花。

花穗呈紫红色，远看，常常被误认为薰衣草。

成群的蝴蝶和少男少女来到我的身边，编织梦想。

学名千屈菜。几百年前，就是一种野菜，被穷人食用。

记载于明代的《救荒本草》。千屈，则是因为花的形状。

早已不再独孤。绽放的生命能够为众生所享，令我自豪。

更何况，植物学家还以我的名字，命名了一个庞大的家族。

生命礼赞

无人能说出，有比风信子更香的花。

铃状形态的花瓣里藏有密码，让人猜不透蜂蜜与葡萄的芳香从何而生。

只有完全盛开，它才散发芬芳。那是生命的礼赞。

两千个不同颜色的肉身，守护着同一个高贵的灵魂。

蓝天的颜色，是最初的本色。风信子从美少年雅辛托斯的血泊中长出。只因受到西风之神的妒忌，它将太阳神阿波罗投掷的铁饼，吹向了雅辛托斯的头部。鲜活的生命，化作美丽的风信子花。

美好的事物转瞬即逝，又转换为另一种形态的美，让人怀念。

花期过后，剪掉奄奄一息的花朵，新的花朵即可重生。自我疗伤，完成自愈。

更奇的是，风信子总是赶在圣诞节前开花。信徒们视它为"先知"。

玄鸟归来

彩虹女神

鸢尾花花瓣犹如鸢鸟的尾巴，因此得名。

花瓣灿若彩虹，又若翩翩彩蝶，闪耀着超凡脱俗之美。

有人叫她"彩虹女神"，更有人称她"蓝色妖姬"。

每到春天，女神以彩虹的色彩传递春天的信息。

修长而挺拔的叶子像一把把宝剑，充当忠诚的护卫官。

在欧洲，她是胜利、征服与英雄气概的象征，令王室着迷。

皇冠、胸针、徽章之上，都有鸢尾的图案。

鸢尾是法国的国花。相传法国国王在接受洗礼时，上帝赠送他鸢尾花作为礼物。圣女贞德的纪念碑上镌刻着鸢尾：圣女的剑护卫着王冠，鸢尾花在圣女的剑下闪耀。

鸢尾进入艺术家的心灵。

凡·高临终在寂静的救济院创作了鸢尾花，成为他晚期重要的代表作。院外的鸢尾给了他新的灵感。死神向他招手，极度忧郁，画中的鸢尾花却生机勃勃，茁壮灿烂。画家的心灵在点燃，忧郁躲到了叶后。

莫奈是幸福的自然之子。他一生甘做花草的园丁。他的鸢尾从不附和伤感、朦胧、浪漫，且高贵、典雅。

鸢尾，神谕的传播者，宣告福音的花。

在一场特大洪水中，义人挪亚用自建的巨大方舟拯救了全家和各种生物。

洪水退后，挪亚看到那只衔回橄榄枝的鸽子，也看到第一道昭示神人和解的记号：彩虹。

鸢尾花

诡异的爱情花

本来一身洁白的堇菜花，被爱神丘比特的箭射中，血和泪，渗透进五片花瓣。三色为主，成为三色堇。仔细分辨，颜色何止五种？猫脸、人脸、鬼脸……

诡异，诠释着爱情的丰富。

人见人爱。

无论肥沃、贫瘠，只要是土地，都能看到她俏皮的笑脸。随风起舞，酷似蝴蝶。

高档商店的首选。摩登女性的表情。裙子图案。

花相芍药

有人说芍药是"无刺的玫瑰"。为何不说玫瑰是"有刺的芍药"？

要知，早在3000年前，芍药已是爱情的信物了。《诗经·郑风》记载："维士与女，伊其相谑，赠之以芍药。"那时，有谁听说过玫瑰？

自从有了牡丹，芍药的命运彻底改变。

世人评说，牡丹为花王，芍药为花相。芍药认命，甘愿俯首称臣。

风姿绰约难道是错？众芳谢幕，压轴花登场。

文人多知音。苏东坡"多谢花工怜寂寞，尚留芍药殿春风"，是赞美。曹雪芹"憨湘云醉眠芍药裀"，更是褒奖。

根须被神医华佗发现，称之白芍，成为妇科良药，千年不衰。因之，芍药又被誉为女科之花。

生命价值全部释放。幸哉运兮，何憾之有！

爱之恒久，岂又在朝开暮落

原本生在山谷的木槿花，被有情人移至庭院。日日观赏，闻到了人间的烟火味道。女孩子采摘一朵别在发际，惊艳街人。

可食，嫩芽儿取之代茶。可疗，茎皮儿治癣止痒。抗毒，做成绿篱，成为庭院的生态风景。

清晨绽放，傍晚凋谢。多愁善感的李商隐由此感叹红颜易老："可怜荣落在朝昏"。李时珍更戏称为朝开暮落花。他们看到的只是表面。

最深沉的爱是坚韧不拔、无穷无尽。

木槿花花期超长。一朵花败了，其他的花苞立马跟上，每天都有新花开放。

温柔的坚持。永恒的爱恋。

深秋的红灯笼

栾树，树中的伟男子，过去不知你的大名，一旦知道，便死死地爱上了你。

爱你是提灯者。深秋，一串一串的硕果犹如簇簇红灯笼挂满枝头，温暖人心，一扫那些悲秋的陈词滥调。

爱你伟岸的身躯。身高可达 20 米的树，谁能说出几种？

你与路边的高楼相得益彰，互为风景，却常常令身边的同类心生惭愧。

爱你历史悠久。先秦典籍《山海经》已有记载："有云雨之山，有木名栾。"大禹在云雨山看到红岩边的栾树，视为仙木，部落首领随即用它入药。

爱你低调而顽强的生命力。和光同尘，与世无争，且一身是宝。无须栽种，风吹种子落地，来年春天就会发芽。三年五载，便连片成林。

爱你迷人的四季。春季不与众树争春，由红色嫩芽长成绿叶。夏季开出满树金黄色小花，劲风吹拂，黄花飘落，灿烂无比。深秋又成提灯者。冬季完成使命全身而退，甚至连一片残叶也不留。

月见草，
与月亮约会

月见草，默默的爱，不羁的心。

悄悄在晚上开放，只为与月亮约会，天明则渐渐凋萎。

别名夜来香、待霄草，其实都没有抵达你的内心。你开花只为
爱情，幻想着一个爱情的乌托邦。

在异地的湖边漫步，惊喜地认出了你。像一个个刚刚出浴的美
人，装点着浪漫之湖。整个湖畔成为一片闪闪发光的星海。

答

问

散文诗：朝向未来的可能

——答《诗潮》杂志五问

刘　川：

您不仅在散文诗创作上成绩卓然，也一直致力于散文诗的文体建设，致力于散文诗这一独特诗歌文体的推广与普及，请就这方面谈谈您的思路与想法？

王幅明：

"在散文诗创作上成绩卓然"的褒奖不适用于我。散文诗属于写作有难度的文体，我始终只是一个低产的习作者。但，我承认自己是散文诗文体的推广者。20多年来，我从事的文学活动不少与此有关。并非有人安排你做什么，完全出自心甘情愿。这便是热爱的力量。一种文体的繁荣，需要应有的社会氛围，除了创作者、研究者、出版者和教育者的努力，推波助澜的志愿者不可或缺。就我个人而言，我会继续做好"21世纪散文诗"丛书的编选，力所能及地推荐评介散文诗创研的最新成果。除此，计划写一组总题为《散文诗的播种者》的文章，向在散文诗的发展史上作出过贡献的几代志士仁人致敬，以激励更多的后来者。

刘　川：

您认为新世纪以来散文诗的美学特征是什么？它与20世纪散文诗有什么样的不同？

王幅明：

新世纪以来散文诗的美学特征至少可以归纳出三点。其一，审美形态趋于多元化。这与整个时代背景下的意识形态和读者需求相关联，也与创作者的文体自觉相关联。渐现百花齐放的景观：现实主义、浪漫主义、唯美主义、现代主义、后现代主义的创作形式都能找到其代表性的作品。不少作者同时用多种手法写作，显示出洒脱和自由。越来越多擅长自由诗体的诗人用写散文诗实现自我延伸。其二，文本更具现代性。除了采用现代派的表现技巧，在主题思想上突显人文意识和终极关怀。其三，有地域特色或相同美学追求的诗人群落相继出现。20世纪的散文诗，有几个不同的阶段，很难一概而论。二三十年代是具有五四精神的启蒙时代；40年代是战歌与挽歌时代；新中国成立前30年是颂歌与牧歌时代，后20年是颂歌与反思的时代；新世纪以来则进入雅歌和交响乐的时代。

刘　川：

您认为，目前散文诗发展有着哪些问题或不良倾向？您认为散文诗应该怎样朝向未来健康发展，它的文本创新上具有哪些可能性？

王幅明：

突出的问题，依然有大量的平庸作品存在、惯性写作的存在。表现在几个方面：滥情，华丽外衣下的思想空虚，模仿，说教，远离现实。散文诗长于抒情，也容易被人误解，似乎可以不加节制地滥用感情。滥情，无病呻吟，常常出现在一些具有小资情调的情感类作品中，有人戏称为"小女人"或"小男人"，可以归入浪漫主义的末流。一些作品思想缺钙，缺乏血性，只能用华丽的辞藻来装饰。所谓的惯性写作，即模式化写作、重复写作，重复别人，也重复自己。散文诗朝向未来健康发展的前提是，必须坚守思无邪的古训，坚守社会担当，坚守诗人应有的独立品格，坚守宁少毋滥的精品写作和难度写作。《野草》在散文诗的文本上是不容争议的百科全书，在形式上包容了广义散文的多种形态，如狭义散文、小说、戏剧等；在诗的内核上吸纳了象征、超现实、荒诞、反讽等现代诗的表现技巧；思想上则充满人文关怀、批判意识和辛辣的血性。较之于传统，鲁迅在文本上是十足的叛逆者。波德莱尔、兰波、卡夫卡、屠格涅夫、泰戈尔、纪伯伦、圣琼·佩斯，都是艺术的叛逆者。缺乏艺术上敢于打破传统、标新立异的勇气，散文诗的文本创新将无从谈起。

刘 川：

请谈谈诗歌（散文诗）与现实的关系，诗歌如何介入并积极影响生活？

王幅明：

古代诗歌诞生于劳动与爱情。现代散文诗的奠基之作《巴黎的忧郁》诞生于斑驳的都市生活。它们都源于现实，是现实的镜与灯。这是所有文学形式，包括诗与散文诗的宿命、使命。有必要指出，现实有多个层面：社会的、自然的、心灵的。介入现实即表现现实，不回避现实，即所谓的"在场"。让作品积极影响生活，是每一个诗人应有的追求和责任，但只有优秀的诗人才能做到。优秀的诗人具有独立的思想和艺术品格，是美的发现者、创造者和传播者，社会良知的捍卫者。其作品都是独创的，既具有审美价值，又具有思想价值，两者是高度统一的。读这样的作品，心灵被无形的灯盏照亮，在潜移默化的审美享受中得到升华。

刘 川：

请用您自己的语言，给散文诗下一个定义。

王幅明：

散文诗是散文形态的诗，具有诗与散文的双重美感。它包容诗的所有技巧和广义散文的多种形态，因而比诗更自由，更细腻，更辛辣。它带给人慰藉、温暖、疼痛和理性，让梦想和良知在灵性的文字里复活、飞翔。

（原载《诗潮》2014 年第 6 期）

玄鸟归来

被时光掩盖的历史，终会复原

——《星星》访谈

《星星》：

王幅明，您好！作为优秀的诗人，您一定有很多丰富的人生体验与读者分享！

王幅明：

优秀？实不敢当。这绝对不是谦虚。人应该有自知之明。我只是一个低产的习作者。当然，我期望自己能留下几章为人称道的作品。我的人生体验谈不上丰富，短暂几年工厂生活，接着在杂志社和出版社供职，直到退休。

《星星》：

说说您生活中这 10 年最难忘的经历。

王幅明：

这 10 年，在我的人生履历上弥足珍贵。我有幸对中国散文诗的发展尽绵薄之力。2007 年 11 月，由我策划、并全程运作的纪念中国散文诗 90 年系列颁奖活动在京举办，我主编的大型选本《中国散文诗90 年》（上下）同时首发。2010 年，我主编的《河，是时间的故乡——河南散文诗选》出版。2011 年以来，我主编了"散文诗的星空""21 世纪散文诗"两套丛书，已出版 67 种。2014 年，出版了《天堂书屋随笔》，部分内容为散文诗评论。下个月，将出版《追忆与仰望——35 位文化名人探访》，其中写了多位令我仰望的老一代诗人。

《星星》：

每个人心里都有一个原乡，接下来我们说一说地域文化（民族文化）对您写作的影响。

王幅明：

赞同"原乡"的观点。或许，少数哲学诗人可以除外。本人的习作，也深深打上地域的民族的文化烙印。我在郑州生活了37年，目睹和感受了郑州的新生和巨变。故乡的河水养育我成人，郑州的河水给我精神补钙。郑州曾被时光尘封，正像我们伟大而又多难的祖国。《水流郑州》写出了我的真诚感受和思考。

《星星》：

爱好就像一把打开世界的钥匙。说说您诗歌以外的爱好。

王幅明：

　　我的爱好较多。排在第一的是读书。书目较杂，文、史、哲、艺术，都读。古人说"读书可以医愚"，信哉斯言！我把旅游视为另类阅读。年轻时爱好画画、唱歌。中年以后开始做减法，艺术类专注于书法，终有小成。正在写一部中原古今书法家评传《翰墨青史》。

《星星》：

生活中您是一个什么样的人？

王幅明：

　　一个随和、与人为善、具有包容心、与世无争的人。从不挑战别人，只挑战自己。当然，如果别人以不正当手段挑战，我会认真地不声不响地应战。因为单位改革，有的人变换了岗位，怀疑我从中搞鬼。最终真相大白：鬼不在别处，只在他们自己心中。不抽烟，少饮酒，保持低调，思维独立。感恩一切帮助过我的贵人，包括挑战者。有这样潜在的监督，才使我保持清醒，不犯大错。

《星星》：

　　诗人是孤独的，每个诗人都有自己特别要好的朋友，能说说您的知己吗？

王幅明：

要好的朋友可以举出许多，但若要说说知己，则非老妻莫属。什么是知己？是快乐时可以一起笑，痛苦时可以一起哭的人；任何时候都理解你、支持你，从不嫌弃你的人。这一切只有妻子才能做到。妻子并不热爱写作，但她认为我干的是正事，甘愿承担几乎全部的家务，以保证我的时间。拥有这样的伴侣，是我终生的幸福。

《星星》：

每个人都离不开一个好的老师，您能说说您和文学道路上老师的故事吗？

王幅明：

从小学时代即开始热爱文学，小学老师是我的文学启蒙人。近距离受影响较大的诗人是苏金伞。欣赏他正直、真诚、深刻与朴素的美学风格。他在医院病房为我写过一段话："朴素含蓄是诗的上乘。风格即人。人也要朴素些。"我视为终生座右铭。

《星星》：

您读过的好书，请您列一个 10 本好书的推荐名单。

王幅明：

《野草》《巴黎的忧郁》《草叶集》《吉檀迦利》《先知·沙与沫》《小银与我》《圣琼·佩斯诗选》《看不见的城市》《马尔多罗之歌》《论无边的现实主义》。

《星星》：

感谢王幅明，在百忙之中抽出时间与读者分享了这么多宝贵的人生体验和经验。最后请您对读者留下您衷心的祝福！

王幅明：

感谢《星星·散文诗》为我提供与读者朋友交流的宝贵机会。祝福每一位诗友！让我们共同努力，书写属于中国的散文诗世纪。

（原载《星星·散文诗》2016 年第 6 期）

经典能够超越时空，具有恒久价值

——答李俊功七问

李俊功：

您何时开始热爱散文诗并创作？

王幅明：

热爱散文诗始于 20 世纪 60 年代，在读了《世界文学》杂志刊登的冰心翻译的纪伯伦的《沙与沫》之后。那个时期散文诗书籍稀缺，仅有的一本《野草》，是 1973 年 10 月我在南京读大学时购买的，人民文学出版社当年 3 月出版，7 月江苏印刷，印数 10 万册，定价仅 2 角。之后搬过许多次家，丢失了不少藏书，但这本书我一直珍藏至今。

70 年代末 80 年代初，国家推行改革开放战略，出版业迅猛发展，陆续读到一些世界散文诗名著和老一代散文诗家的新著。读得多了，便想尝试。我的第一首散文诗习作发表于 1983 年。

李俊功：

您对中国散文诗创作现景有什么看法？

王幅明：

2011 年，我写过一篇文章，名为《散文诗，在寂寞中绽放》（见《文艺报》），那是我对当时散文诗场景的描述。9 年后，依然适用。回望中国散文诗百年（1918—2018），前 90 年基本上是在寂寞中走过；后 10 年，是蓬勃发展的 10 年，是寂寞走向绽放的 10 年。

10 年间，出现了一些标志性事件：

2009 年，周庆荣等人发起，倡导建立"我们——北土城散文诗群"。从多年实践看，诗群涌现出一批具有文体自觉意识的新人，写出了更加多元、富有新意的作品。

2010 年，《散文诗》刊设立"中国散文诗大奖"，至今已坚持了 10 届，共有 20 位新中国出生的诗人获奖。此奖突出诗人艺术个体，具有引领性。

2013 年，《星星》诗刊作为品牌延伸，创办下旬刊《星星·散文诗》，成为专门刊发散文诗新作的重要阵地。全国散文诗邮发期刊，由两家增至三家。

同年，有史以来首家"中国散文诗研究中心"，落户湖州师范学院。

2014 年，散文诗作为诗歌门类的一种，首次列入鲁迅文学奖的评选。

除了专门刊发散文诗的期刊，还有若干地方报纸副刊的"散文诗专页",遍布全国各地的散文诗网站、微信平台。

多个省级作协系统的散文诗学会、创作委员会成立,多个民间散文诗组织成立,经常举办散文诗交流、采风、评奖活动。

10多年来,全国共出版了数百部散文诗集、多部散文诗评论集。各种散文诗年选已超过10种。一些省、市区的大型散文诗选本相继问世。如河南、福建(两种)、新疆、宁夏、江西、广东深圳等。

以散文诗文体举办赛事和包括散文诗在内的诗歌评奖,近来已成常态。

出现不少为散文诗发展默默奉献的志愿者、爱心人士。

西方学术界首部关于中国散文诗的英文著作《背诵与辞演:中国当代散文诗》,2017年由美国夏威夷大学出版社出版,标志着中国散文诗作为一种独立文体,已经受到西方学术界关注。

为展示中国百年散文诗的成就,自2017年起,《中国散文诗百年经典》(四川文艺出版社)、《百年女性散文诗选》(河南文艺出版社)、《中国散文诗一百年大系》(8卷本,青岛出版社)等相继问世。

纵观10年来的散文诗现场,人气越来越旺。不少作品获得各种奖项。文本更具现代性。艺术上呈现多元化。在主题思想上突显人文意识和终极关怀。有地域特色的诗人群落相继出现。理论研讨更加深入。一些老作家继续耕耘。一大批"60后"、"70后"

中年作家成为中坚力量。更加可喜的是，一批"80后"、"90后"文学新人高起点进入散文诗队伍（包括创作和研究），预示着21世纪散文诗的光明前景。

还有另一面：出于种种原因，在某些地域和某些文学机构，歧视散文诗的现象依然存在。

李俊功：

您认为古今中外哪些散文诗作家或者作品值得推崇？

王幅明：

值得推崇的，应当是那些公认的经典。因为只有经典才能够超越时空，具有恒久的价值，给人以思想与艺术的启迪。如：贝特朗（法国）《夜之卡斯帕尔》、波德莱尔（法国）《巴黎的忧郁》、洛特雷阿蒙（法国）《马尔多罗之歌》、兰波（法国）《地狱一季》《彩图集》、泰戈尔（印度）《吉檀迦利》《飞鸟集》、希梅内斯（西班牙）《小银和我》、纪德（法国）《地粮》、屠格涅夫（俄罗斯）《散文诗》（又译《爱之路》）、纪伯伦（黎巴嫩）《先知·沙与沫》、里尔克（奥地利）《军旗手的爱与死之歌》、史密斯（英国）《小品》、圣琼·佩斯（法国）《阿纳巴斯》、卡尔维诺（意大利）《隐形的城市》等。

中国散文诗经典，首推鲁迅的《野草》。《野草》在思想和艺术上都具有极大的丰富性。《野草》是鲁迅用心血凝铸而成的心灵史诗。因为有难以直说的苦衷，作者用了象征、荒诞、隐喻、寓言等多种表现手法。《野草》虽然只有短短 24 篇（包括《题辞》），但在表现上堪称现代艺术的集大成。《野草》思想与艺术容量之复杂之丰富，自新文学运动以来，罕有匹敌者。鲁迅是在荆棘丛中寻路的独行者和孤独者。《野草》是鲁迅面对人类的共同生存处境，即死亡、虚无、孤独、绝望等而引发生存体验与哲理思考。鲁迅是少有的既是文学家又是思想家的文化巨人。他的哲学和思想，全都蕴含在他的作品里。鲁迅自己也对朋友说过，他的哲学都包括在他的《野草》里。作家残雪这样评价《野草》："它是千年黑暗中射出的第一线曙光，是这个国度里第一次诞生的'人学'意义上的文学。同时也就诞生了文学艺术的自觉性。这本小小的集子是一个奇迹（很多读者都隐隐约约感到了这一点），要是没有这个奇迹，整个中国现代文学是要下降一个档次的；而有了它，中国现代文学便在世界一流纯文学行列之中有了自己的代表。"（《不朽的〈野草〉》）

经典都具有独创性和唯一性。经典无法复制，但可以借鉴。善于借鉴经典的人，最有可能创造出新的经典。

列举一些经典，意在显示散文诗文体的多样性和丰富性。《巴黎的忧郁》从腐朽和丑恶中寻找美，《吉檀迦利》是献给心中神灵的情歌，《地狱一季》是心灵史，《小银和我》则是乡愁和牧歌。读者审美需求是多元的，诗人的创作也应该是多元的。不必要求我们必须以某一经典为参照系。阅历因人而异，审美同样因人而异。有志者应充分展示其创造力，努力写出无愧于我们时代的作品。

李俊功：

您经常读的书都有哪些？对您有什么指导意义？

王幅明：

我读书较杂，以文史类与艺术类为主，这与个人
爱好和本职工作都有关系。作为一个期刊和图书编辑，
必须不断读书，丰富自身，才能力争做到"合格"。
作为一个习作者，读书的重要性更是不言而喻。限于
时间和精力，我只选择读一些对我有帮助的书，其中
包括常识性读物和经典。

对我而言，书籍是最好的营养品。阅读经典好像
在照镜子，不时照出自己的丑陋和浅薄，也会照亮努
力的方向。

李俊功：

优秀的散文诗具备哪些特征？

王幅明：

打动我们，使我们心头豁然一亮。优秀的作品具
有不同凡响之处，它总是传递给我们一些新的信息、
新的体验，使我们为之震撼、惊喜、思索、羞惭、满
足。优秀的作品有一个共同点，那就是作者独特的审
美视角和表达方式，作品所具有的巨大的思想和审美
的容量。所有这些，是我们从其他作家的作品中找不

到，也感受不到的。

李俊功：

缺少诗性和现代性，是散文诗精品缺失的主源，您认同这样的观点吗？

王幅明：

基本认同。诗性和现代性，是散文诗精品的两个重要因素，但并非全部。除此，我想强调一下原创性，与众不同的"发现"，鲜明的个人印记。

现代性是一个宽泛的概念，其内涵应该包括民族性、当代性与多元性。

李俊功：

请您重新给散文诗下一个定义。

王幅明：

应该说，"散文诗"三个字已经包含了它全部的定义：散文形态的诗。"诗"是词根、核心。没有必要重新定义。我认为散文诗是一种混血文体，它身上有两种基因。

散文诗是诗体解放的产物，或曰诗的升级版。鲁迅的《野草》是最好的说明。《野草》告诉我们，"散文形态"并非特指狭义散文，而是指韵文以外的广义散文。

有人认为分行是自由诗的底线，我认为散文形态是散文诗的底线。多次看到一些朋友把分行诗赫然标为"散文诗",我一直不解。没有了散文形态,还能叫"散文诗"吗?或者说,没有了散文形态,散文诗还能作为一种独立文体存在吗?

(原载开封市作家协会网络平台)

文学简表

1978年 • 8月13日

在上海《解放日报》《朝花》副刊，发表诗评《画龙点睛》。可视为"处女作"。

1979年 • 11月

开启编辑生涯。

1985年 • 12月

加入河南省作家协会（编号：0560）。

1986年 • 9月

加入中国散文诗学会（编号：0539）。

1987年 • 3月

出版《中外著名散文诗欣赏》，黄河文艺出版社。（精装、平装两种版本，1990年获河南省社会科学优秀成果奖，1989年12月3次重印）

1988年 • 3月

被破格评聘为出版系列副编审职称。

1989年 • 11月

出版《中外著名朦胧诗赏析》，四川文艺出版社。1991年8月重印。

1990年

5 月

出版散文诗集《爱的箴言》，河南人民出版社。

9 月

参加中国散文诗学会朔州年会，当选为中国散文诗学会理事。

1991年

5 月

出版学生读物《校园赠言》，文心出版社。（1992 年 2 月重印）

6 月

散文诗《迷宫》《行走的人》收入郭风主编的《中国百家散文诗选》，贵州人民出版社。

9 月

受聘担任由中国散文诗学会主办的双月刊《散文诗世界》编委。（仅出三期，该刊从第四期起改由四川省散文诗学会主办）

1992年

1 月

重新出版《中外著名散文诗欣赏》（精装、平装两种版本），河南人民出版社。

1993年

5 月

出版散文诗理论专著《美丽的混血儿》，花城出版社。

1993年

6月

受聘担任中国散文诗学会主办的丛刊《中国散文诗》客座
副主编。

12月

加入中国作家协会。（编号：4353）

1994年

4月

出版评论集《诗的奥秘》，中原农民出版社。

5月

受柯蓝会长之聘，担任中国散文诗学会副秘书长。

6月

散文诗《车过汨罗》收入《古今中外散文诗鉴赏辞典》，
中州古籍出版社。

1995年

6月

出版散文集《自由女神的故乡》，京华出版社。

10月

出版散文诗集《无法忘记》，海燕出版社。

1996年

1月

被评聘为出版系列编审职称。

1998年

7月

当选"河南省十佳出版工作者"。

归去来兮

1999年 · 3月

主编《新世纪青年必读》（2000年12月，获共青团中央
第五届"五个一工程"图书奖；2002年1月，获河南省
第五届"五个一工程"图书奖），大象出版社出版。

4月

河南人民出版社出版散文诗集《男人的心跳》（2000年
获河南省优秀图书奖，2002年4月获河南省首届五四文
艺奖文学类作品金奖）。

7月

散文诗《迷宫》收入《中外散文诗经典作品评赏》，陕西
人民教育出版社。

9月

散文诗《西藏高原》收入《与共和国同行——优秀文艺作
品选》（东方出版社，为该书收入的唯一散文诗）。

2004年 · 12月

增补为河南省作家协会第四届理事会理事。

2005年 · 9月

加入中国书法家协会（编号：6656）。

2006年 · 1月

当选中国传记文学学会理事。

2006 年

10 月

参加中外散文诗学会成立大会（成都），当选为副主席。

2007 年

2 月

经国务院批准，成为享受政府特殊津贴专家。

8 月

当选河南省作家协会第五届理事会理事。

11 月

参加文艺报、中国现代文学馆等联合举办的"纪念中国散文诗 90 周年颁奖会暨研讨会"活动，获"中国散文诗重大贡献奖"。

2008 年

1 月

主编《中国散文诗 90 年（1918—2007）》（上下卷，150 万字），河南文艺出版社。（2009 年获河南省优秀图书奖）

2 月

增补为中国散文诗研究会副会长。

4 月

当选河南省文艺评论家协会副主席。

12 月

当选河南省散文诗学会会长。

2009 年

4 月

当选河南省校园文化艺术促进会副会长。

归去来兮

2009 年 • 4 月

散文诗《四君子写意》入选《精美散文诗读本》，山东友谊出版社。

8 月

散文诗《四君子写意》《西藏高原》入选《新中国六十年文学大系·散文诗精选》，长江文艺出版社。

2010 年 • 4 月

主编《河，是时间的故乡——河南散文诗选》，河南文艺出版社。

10 月

当选中国散文诗研究会副会长。

2011 年 • 1 月

与陈惠琼联合主编《2010 中国散文诗年选》，花城出版社。每年一部，一直编至 2020 年。

同月，主编"散文诗的星空"丛书 12 本，河南文艺出版社。

7 月

办完退休手续。成为自由写作者。

2012 年 • 10 月

主编"21 世纪散文诗"丛书第 1 辑 16 本，河南文艺出版社。

2013年
6月

受聘担任湖州师院中国散文诗研究中心学术委员。

9月

主编"21世纪散文诗"丛书第2辑11本，河南文艺出版社。

2014年
7月

出版散文随笔集《天堂书屋随笔》，大象出版社。

9月

主编"21世纪散文诗"丛书第3辑16本，河南文艺出版社。

2015年
1月

加入中国文艺评论家协会。（编号：00340）

3月

参加中国传记文学学会第五次会员代表大会，当选第五届
理事会理事。

12月

受聘担任河南省文艺评论家协会顾问。

2016年
1月

主编"21世纪散文诗"丛书第4辑12本，河南文艺出版社。

7月

出版文化散文《追忆与仰望》，大象出版社。

2017 年 • 11 月

主编 "21 世纪散文诗" 丛书第 5 辑 13 本，河南人民出版社。

同月，执行主编《中国散文诗百年经典》，四川文艺出版社。

2018 年 • 8 月

散文诗《水流郑州》，收入《新诗百年纪念典藏——全球华人百人诗选》，美国天涯文艺出版社。

• 12 月

散文诗 6 章收入《诗家园》（总第 41 期）：《中国六零前当代诗人作品集》，中国香港天马图书有限公司。

2019 年 • 1 月

主编《蝴蝶翅膀上有星辰闪烁——百年女性散文诗选》，河南文艺出版社。

12 月

主编 "21 世纪散文诗" 丛书第 6 辑 11 本，河南大学出版社。

2020 年 • 10 月

出版人物传记《翰墨青史——中原书家传》，河南美术出版社。

• 12 月

散文诗《殉道者》收入《散文诗 2000—2018》，江西美术出版社。

2022 年

1 月

获中国诗歌春晚"2021 年度全国十佳散文诗人"荣誉称号。

11 月

散文诗《青岛风景》（外一章）收入《散文诗里的青岛》，青岛出版社。

2023 年

4 月

散文诗《一座大山暗恋着一条大河》（二章）收入《名家笔下的石嘴山》，宁夏人民出版社。

6 月

受聘担任中国诗歌学会中国散文诗工作委员会顾问。

8 月

散文诗《毛泽东塑像》（外一章）收入《散文诗的新时代：2000—2021 中国散文诗精选》，上海社会科学出版社。

12 月

获河南日报顶端新闻"2023 年度卓越影响力作家奖"。

2024 年

12 月

出版散文诗集《玄鸟归来》，河南文艺出版社。

图书在版编目(CIP)数据

玄鸟归来 / 王幅明著. --郑州:河南文艺出版社,2024.12.
-- ISBN 978-7-5559-1761-8

Ⅰ.I227.6

中国国家版本馆 CIP 数据核字第 2024NA3966 号

选题策划　　张　阳
责任编辑　　穆安庆　张　阳
责任校对　　樊亚星
装帧设计　　天外天 / 王慧欣

出版发行　　河南文艺出版社
社　　址　　郑州市郑东新区祥盛街 27 号 C 座 5 楼
承印单位　　河南印之星印务有限公司
经销单位　　新华书店
开　　本　　700 毫米 × 1000 毫米　1/16
印　　张　　26.25
字　　数　　328 000
版　　次　　2024 年 12 月第 1 版
印　　次　　2024 年 12 月第 1 次印刷
定　　价　　68.00 元